U0366136

在艺术里，
各种理论同样的用处，像医药里的处方：
要相信它们，须人先有病。
知识扼死本能。
人不作画，人作他的画。

——弗拉芒克

独行者手记

Sur l'art et sur la vie

鲁奥的艺术与生活

乔治·鲁奥 Georges Rouault／著

杨洁　王奕　曾珠／译

华东师范大学出版社

华东师范大学出版社六点分社　策划

鲁奥，1889

鲁奥，1915

鲁奥，1946

鲁奥，1948

鲁奥自画像

目　录

序

　　这是一位将自己的艺术称为"发自内心的忏悔"并全身心投入其中的画家。那么，他将自己的全部之所是，他作为人之所是、作为基督教徒之所是、作为艺术家之所是，统统放进了他的文字作品，就不足为奇了，他有别于职业文学作家的地方也正在这里。

　　作为作家，乔治·鲁奥的风格是他自己所独有的。他的语言通俗而古朴（酷爱谚语），但又喜用生僻的字词。这种情况若出现在于斯曼和布卢瓦的朋友笔下，实在无足为怪。他常常省略冠词，以使句子干练有力。而大量使用的形象比喻又赋予句子以丰富的色彩。比如，他用"铁丝网"来比喻人的生存烦恼。同样出于使文字生动的需要，其文章的字里行间遍布修饰语，并且这些修饰语通常总是成双成对地出现。这令我们想起鲁奥的绘画，在油画作品中他也喜欢用两个形象，而不是三个。他的那些以蓝色为主色调的绘画作品正是这样。直到 80 岁，鲁奥才开始使用黄色，而且，如果不是为了节省颜料，他从不用红色。从他那些大量使用迭韵的诗作和散文作品里也看得出，较之音色明亮的字词，他更喜欢使用音色低沉的。比如那些仿佛在呜咽的 i、低语的 u，还有 eu 和哑音 e 似乎都比 a 和 o① 更使他感到愉悦，只有在借助对比来表现低

---

① ［译注］此处的 i, u, eu, a, o 均为法语元音字母和发音字母组合，分别读作 [i]、[y]、[ø]、[a]、[o]，[i] 其中 [y] 为闭元音，[ø] 为半闭元音，发音时，口腔开度较小，声音相对低沉，而 [a]、[o] 则为开元音和半开元音，发音时，口腔开度大，声音因而响亮。字母 e 的发音比较复杂，此略。

音的音质时，他才会用到 a 和 o。这种处理方法所产生的声音的和谐不能不使人想起魏尔伦①的诗歌，魏氏的杰作都是因了和谐，其中包括《懊悔之心的祈祷》以及那首以"我是聋子"开头的诗。

如果说作为作家鲁奥几乎只是写了他自己，就像他认为安格尔、莫罗、德加和塞尚也都只是在表现他们自己的话，因为他是那种典型的以自我为中心的人。从童年直到暮年，鲁奥始终是他个人牢狱的囚徒。而在青年时期，美术学校的束缚更是加剧了这种个人囚禁。但美术学校却没有能够使他对希腊艺术、意大利艺术、米开朗基罗的艺术以及被他称作"多米尼加"的艺术有所崇拜。我们认为，这里所谓的"多米尼加"艺术指的就是安格尔艺术。至于他对于批评界的恐惧，很容易就可以得到解释，那是因为后者对其艺术的发难由来已久。这也就是说，貌似强硬的鲁奥其实骨子里是个柔弱的人，而且，他越是要掩盖自己的伤口，就越是受到生活的伤害。由此，我们得以理解他为什么会说，安格尔的"克制简直使我欣喜若狂"②，至于德加，他为什么这么写："面对尘世的克制和让步 [……]，对此，我太理解了。"③

因此，人们不会奇怪鲁奥也与德加甚至与塞尚一样，是一个适宜于孤独的"独行者"。因为他很明白，唯有孤独能够使他保持自由。鲁奥拒绝加入任何流派。总有某些艺术史学家试图将他归于某一派别，他每每为此气愤。他是那种绝对独立的人，所以拒绝参加任何团体，甚至也不介入任何纷争。对于那些说他"既不承认上帝，也不承认大师"的人，他回应说，他们统统都是奴隶，是他们自己反抗行为的奴隶。至于他本人，他说："我是个乖顺的人。"④ 他坚决地捍卫自己作为人的个人权利。他认为重要的是做自己的人，并且要光明正大地、真诚地、不做

———————————

① ［译注］Paul Verlaine (1844－1896)，法国象征派诗人。

② 《安格尔再生》。

③ 《爱德加·德加》。

④ 《绘画气候》。

作地做人。他坦白说："我从来没有摆过思想家的架子，我可不是那种人。"①

而一个人什么样，他就必定是他之所是。鲁奥认为自己的"不到黄河不罢休的执拗性格"② 是受了安格尔的影响。这种性格兼有勇气和不惜一切代价的宽容两个方面。无论代价多么大，他都毫不迟疑、毫不留余地独自承担。然而，这种事情，行行好吧，就是英雄和圣人，也不能要求他们做到呢！想要避免这种危险，可是天大的幽默；鲁奥完全有理由这样说："我是一个乐天派。"③ 在这个美丽城④的孩子身上确实有着巴黎顽童的一面，但这丝毫不妨碍他的高贵风度。他给自己下的定义是"平民，但很杰出"⑤，用无产阶级和资产阶级的说法，他与佩居（Pécuy）都是伟大的中世纪法国的最后代表。

从笃信基督教的意义上讲，鲁奥更是如此。对于基督教的虔诚信仰完全融入了他的人格，这种信仰真实而富有活力、深厚而浓重、直接而具体地表现在他身上，深刻地影响着他，以至于他本能地、完全无意识地撷取了圣奥古斯丁的《独语录》（*Soliloques*）和圣约翰的**不要碰我**（Nolime tangere）用作自己著作章节的标题。而那些出自基督教《圣经》的形象在他的笔下也是栩栩生辉。

鲁奥能够感受到世间超自然的力量，这一点甚至使他对那些怀疑这种力量的人产生同情。他坚信，画家的使命正在于向世人昭示超自然力量的神秘面孔。鲁奥所遭遇的第一个超自然者即是耶稣，被钉在十字架上的耶稣，被嘲弄、被剥夺了一切并因此而成为胜利者的耶稣。鲁奥宣称："耶稣的力量，正在于他的一无所有。"⑥ 正是这个被征服同时又是征服者的耶稣成了人类最杰出的手足兄弟。鲁奥说："只有流血的耶稣

---

① 《晚星》。

② 《安格尔再生》。

③ 《在各种流派的边上》。

④ ［译注］Belleville，巴黎市第 20 区。

⑤ 《谈绘画》。

⑥ 《晚星》。

愿意倾听我的心声。"① 他承认，正是公众的关注和与公众的接触成就了他的人生经验。他反感那些富于权利、富于知识或富于智慧的人，称他们为"占卜者"，或"学究"，或"拜占庭人"。在他眼里，这些人傲慢十足，比富于金钱的人更富有、更自满、更苛刻，也更不人道，却又深得穷人的恭敬和爱慕。对于这样的人，鲁奥会像穷人一样去谈论他们，这恰如他能温和地对待罪人一样，他曾以罪人的口吻写道："耶稣，你还得在啊！"正是在《福音书》的光辉里，他发现了因这光辉而显得扭曲、也因它而得以显现的人性。

鲁奥之所以描绘《福音书》的光辉也是出于同样的原因。他以自己的艺术在真实与想象、客观与冥思之间游移，试图探究众生与上帝的奥秘。绘画，这个对于鲁奥而言兼有命运和意志色彩的东西，是上帝赋予画家的一种手段，它既能帮他解放自己、使其自我能够得到最佳表现，也能使他忘掉生活。这种绘画可能是他在无意识状态下完成的，也可能是在完全理性的状态下完成的。绘画使他处于朝着某种未曾接近也不可能接近的理想趋近、但永远不可能抵达的状态中。在这一点上，他感觉自己就像是塞尚的兄弟，是这位俄耳甫斯的门徒。这个门徒的角色纠缠着他，因为作为一个艺术家，他发现，他所喜爱的东西在躲避他的目光。

鲁奥勇于与真实相较量，却并不因此轻视大师的教诲，他对现代艺术与博物馆艺术一视同仁，对那些将艺术与观念混为一谈、有失真实的绘画疑虑重重。因此，他的思考更具造型艺术的色彩，"形式"、"色彩"、"协调"等字眼儿常常挂在他的嘴边。从职业画家的角度讲，他是个好工人，这一点颇似杜米埃。他也钟爱精致的作品，这一点则很像德加，这正好解释了鲁奥对于粗俗的蔑视和拒绝。在他看来，只有精致的作品才称得上绘画，他正是以这样的标准来定义自己的绘画的。他的写作和绘画之间有着紧密的联系，这种密切联系就存在于他的文字与画作或雕刻

---

① 《谈绘画》。

之间。在他的一些诗作和他的《审判者》、《母性》、藏于格勒诺布尔博物馆的《驳船》、《集市日马戏场的女收款员》中，还有他的诗篇《上帝怜我》和他的《囚犯》、《上街区的妇人》中，我们很容易就能注意到一种相通的东西，是同一个鲁奥，那个既有痛苦也有喜悦的鲁奥在写作、画油画、制作版画。他既能写出美妙的诗句"悲哀给我光明"①，也能用惊人的字眼将自己的艺术定义为"黑夜里的呐喊、嘶哑的抽泣、压抑的笑声"②。当他无数次表示幸运于能够作为画家而活着的时候，他是真诚的。他曾这样吐露内心："绘画曾经使我那样幸福，那样疯狂，使我忘掉最黑暗的忧伤。"③ 他对居斯塔夫·莫罗"我的努力已经得到补偿"④之说法的认可应该是发自内心的。在这里，鲁奥，这个"可怜的人"，他这么说自己，对于他这个艺术是"活着的唯一理由"⑤ 的人，与基督、与人达成了沟通。本书所展示的正是兼有基督、人、乔治·鲁奥三者特质的一个形象。

贝尔纳·多利瓦尔

---

① 《画面》。

② 《谈绘画》。

③ 《晚星》。

④ 《居斯塔夫·莫罗》。

⑤ 《独语录》。

独 语 录

献给我的爱人，温柔的玛尔泰及我们的孩子们

自我审视

巴黎是我的故乡，如果说我极少离开过那里，却并未以它为荣耀，亦不因它而凄伤。每日每夜，我都在与自己的内心对白。无论在现实的或是想象的广袤境域，我这个酩酊大醉的弯腿画家都将尽收眼底或隐约瞥见的一切化作自己的财富。

对于秉性良好的人或敏感的艺术家，真理有时候会带有某种毛刺，他们承认是自己忘记了这些毛刺，即使他们曾被划伤。冒险者尚未准备就绪，心灵的感受就已经清晰，并且刚刚又一次涌上心头：形式、色彩、协调！——那是沙漠中的绿洲，还是海市蜃楼？

今朝迟缓如乌龟，明日又机敏得像野兔，虽然没有太多激情，但也不会屈从于批评家朝三暮四的指挥棒；他是个探险者，哼唱着自己的小曲儿，任它动听与否，追随着时光，追随着季节；他才不会为经纪人挑逗人的广告而满足，因为深知那是瞬时就会凋零的月桂树；他也不会因为股票跌价而蹙一蹙眉。

你来这里做什么，信奉艺术传奇的可怜朝圣者？你的声音消失于这奥秘，而地球的一端还正处于粗暴的战争当中。（啊，我的家乡！在这一刻，处处是恼怒、处处是冒犯，我却比任何时候都更珍爱你。）

虽然曾从许多无政府主义支持者身旁经过（我距他们尚很遥远），而且，我的心灵自由，我的头脑也始终清醒，但这并不妨碍我推崇先辈。

优雅的上流人士微笑着说："艺术是一种乐趣，一种颇具魅力的消遣，一种挑逗人的装饰。"我若这样回答，他们恐怕既不能说我矫揉造作，也不能说我吹嘘夸张："对不起，先生们，作为你们的仆人，我却认为，如果没有了被你们如此彬彬有礼谈论着的这种消遣，那将是慢性死亡。而对于这个可怜人来说，艺术是他活着的唯一理由。"

几个冒失的男孩儿受到帕尔特农神庙①浮雕的诱惑而变成了冰块儿。

其他人则拜倒在米开朗基罗《最后的审判》面前，蜷缩着，如同被判下地狱的人一样，气喘吁吁，几乎连路都走不成了，也自然没有什么可说的了。

他们个个不惜尽耗体力，喋喋不休：平衡、秩序、节制！

就让这些人看看流星马戏团的阿尔杜尔在钢丝上的平衡表演吧！他在钢丝上不时地跳动，随时可能掉下去，却从未掉下去过。他总是面带微笑轻松地一一脱掉那二十件由他的姐妹们绣了花的背心。虽然他看上去完全没有考虑表演以外的其他事情，但他的表演不正是在给那些最有权利教育我们的人示范什么是平衡吗？

平衡、秩序和节制不是肤浅的外表，不是为着炫耀的自我表露，而是发自内心地用整个一生所付出的最深沉、最深情的奉献，不仅如此，还要能够做到不为功劳、成就或荣誉而懈怠，不趾高气扬，不为名流身上的珠光宝气所动容。

---

① ［译注］Parthénon，在希腊雅典，建于前447—438年，用于祭祀雅典娜女神。

话说到此，我得闭嘴了，否则可能会惹得什么人不快。还是回到我的老街区吧，我出生在那里的一个地窖。当时既有国内战争，又有对外战争。正因为此，我猜测，那些玩光影的朋友们后来说我是"黑暗与死亡的画家"，实际就是"令人厌恶的画家"的意思。在那动荡的日子里，只有他们还在追究到底有没有法兰西岛玫瑰。他们眯缝着眼睛，哆声哆气地让我也那么做，但必须加入他们。天哪！我可保证不了不会扰乱他们的队列。

他们没有因此意识到把"黑暗与死亡的画家"这顶桂冠加给予我是对我的恭维吗？他们这样做看似贬低我，实际上抬举了我，因为他们是将一个我自认为受用不起的荣誉角色给予了我。那可是一个许多前人费尽心机才使其享有盛名的角色呀。

客观主义，主观主义。——自从来到这个世界，我便强烈地渴望着两样东西：一个是既看不到，也以我们残缺的手触摸不到的东西；另一个就是能够被明确分辨的东西。从我开始画画那天起，我就在这种令我十分热爱的艺术中找到了一个轻松的生存理由，找到了一种视觉、听觉上的平衡，也找到了精神心灵上的平衡。有时候我做事可能做不到按部就班，但我在幼年发现的东西均以这样那样的方式在我身上打上了深深的烙印，就像硫酸在铜板上留下腐蚀的痕迹。

我所居住的美丽城是巴黎的一个区。我在那里生活的时候，这个区还没有皈依基督教。小公共汽车爬坡还要靠马拉，速度之慢真到了难得的程度，当时市中心的坡路还都颠簸不平。

从美丽城到蒙马特，我总是溜达着过去，无论白天黑夜，每每走得两腿站立不住。

我那时是个面色苍白的瘦削少年，跟那些一无所有的人一样，得到一丁点东西就会欢快不已。照权威人士的说法，按年龄，我那个时候有点过于认真，但也有点太天真。两种说法我都听过，当时也都相信，直到后来才有些愕然。我感到自己那时确实与上年纪的人有着某种不易察觉的关系，我猜想，他们有时也许会觉得我并没什么不一样吧。当然，这肯定只是个托词而已。

在这个老街区，与许多人一样，我默默地忍受着贫困。这种贫困会在全世界最美丽的姑娘脸上留下深深的刻痕，但却不一定能动摇每天处于抗争状态中的人们的勇气，也不能破坏人的好心情、不会妨碍鞋匠唱歌。

那个彩绘玻璃学徒是如此为色彩所陶醉，他完全痴迷于需要修复的彩绘大玻璃窗的强烈色彩，以至于被那质地纯净的玻璃割破了手指。

尊敬的前辈们，我全然无意贪图什么，就是想做你们的仆人，我半闭起眼睛追念你们，也好从被迫从事的可笑工作中脱身出来，稍微放松一下。简直荒唐，我首先想到的竟是用火焰般的纯色完成一件"玻璃马赛克"，它能使彩绘大玻璃窗具有不可比拟的富丽堂皇，而不是照搬某一生动的画面。①

因为，我在我的老街区住过很长一段时间。

这种充满陷阱和诡计的生活使我学会了将自己隐藏起来，学会了同时顺应两股潮流，学会了让自己浮出水面，也就是说，无论任何事情，我首先要做的，是让自己的作品更漂亮，更具表现力。

形式、色彩、协调！人永远不可能成熟，即使到了古稀之年！你究竟希求什么，我问你？……是奇迹吗？有些实证主义者会立即反驳我：

---

① 姑且相信我们的彩绘玻璃匠说他发现了一种漂亮的红色。然而，彩绘玻璃大师，问题不在于找到什么红色，而在于懂得将这红色用在哪里，如何处理它与其他色调的关系。品质是个好东西，但它不过就是个品质而已，如果不会使用，就是有十种红色，又有什么意义呢？
斑斓的色彩、丰富的色调不会带来任何持续的视觉快感，但画家却非常清楚自己应当从中选择什么，也明白如何谱写他的歌曲、如何使之协调。
久而久之，彩绘玻璃窗，即色彩丰富的玻璃马赛克成了一种模仿绘画的游戏，其模仿甚至达到了乱真的程度。但随着人们对于真理和真实的不断追求，彩绘玻璃窗画失去了其本来的意义。起初，这些画也只有个简单的图形，后来，它们的内容丰富了，透视感也更强了，人物头部更接近真实的圆锥状，直到最后，最初的目的被完全遗忘，彩绘玻璃窗画原本只是对透光的天窗稍加装饰而已，我甚至认为，装饰的色彩都未必协调，但要保留透光的马赛克特点，朴实而平淡，与建筑本身协调一致，而且也不会用越来越明显而真实的画面与绘画形成斗争，这也并不总是绘画的法则。

"你到底想说什么？"形式和色彩迷住了冒险者，他深陷于冥想之中……。

自从干上了这一行，我的面色不再娇嫩鲜艳，连浅色的眼睛也变的更加冷酷，但是，如果这样说话不算太自负的话，我想说在艺术上，我还是保留了某种纯真。

我本是个急性子，有时甚至会急得发抖，虽然不屑于所谓激情，因为它会使人误入歧途，但绘画这个避风港也把我变成了另一个人，一个极其随和的人。满足感之于我弥足珍贵，要知道我曾经多么穷困，物质生活条件恶劣到了荒谬的程度：我要养活一大家人，还要经营我那颇值得骄傲的艺术！满足感可以让我拥有持续的快乐，那是支持每天的艰辛工作所必须的。但就某些同时代人的行为而言，这种满足感也是一种难以消除的、颇有意味的魔法。再说，我也没什么好遗憾的。生活有时候就是一场不同寻常的战斗。

我如站在自己庄稼地里的农夫般沉迷于我的绘画领地，犹若被大麻所困，或若被上了套的牲口，虽然很倔钝，但我的眼睛很少离开画板，除非需要确定被画者面孔的光线、阴影、中间色调和轮廓线，那是些像朝圣者一样看我作画的人，他们的脸上无不充满好奇；或者需要捕捉转瞬即逝的形式、色彩和协调，直到确信我会在有生之年将它们永远铭记。

一旦形式受到光的恩泽，最微不足道的真实也能翩翩起舞！

我希望，对前辈的尊重不应该因迷恋他们而使自己变成博物馆的"常客"，对周围的事物则不见不闻或熟视无睹；不应该滑稽地追随或模仿某一完美的技法；应当允许那些最穷困的、从事并且热爱这门艺术的人说出自己的苦衷或表示自己的态度，允许他们发出自己微弱的心声，而不必像青蛙一样鼓胀起自己的身体，与体格壮硕的牛较量；应当允许虚构的、现实的等各种调子协调存在。

幸运的艺术家，就算你的艺术是不幸者的艺术，操起你的柳条棍，来吧，像朝圣者一样来吧，无论经由哪条路。唯一能够拯救你自己的办法，就是不要一味宽容自己，而应时刻对自己的贫乏保持清醒的意识；不要说自己画得已经跟佛罗伦萨那个被内心之火折磨得扭曲的黑皮肤、小个子（即米开朗基罗——译者注）的《最后的审判》一样好了，而应该在你自己的领地里——虽然这领地小得不足挂齿——以最大的努力去耕耘，在那里，啊！有志气的人啊，毫无怨言地去争取爱的许可证书吧。

艺术，对我来说，无论一流还是二流，都是一种解脱。被判了苦役的你，既不需要疑虑什么，也不用事先策划，就能够摆脱许多外人看不到的痛苦。像女人分娩那样解脱自己吧！而后，纷纷议论接踵而至："这孩子真漂亮！"也有些朝圣者会说："这孩子难看死了！"而你，像熊妈妈那样不断地细心地舐舐它吧。你的艺术现在只是，将来也只能是它此时之所是，即不幸者的艺术。

艺术是释放，是痛苦生活中的内心欣悦，是直至死亡的战斗。令人欣悦的艺术是一种语言，是那些大肆谈论它的人尚没有认知的语言，这些人只知信口开河，有人报以虚假的谦卑，有人则出言不逊，态度狂妄。这些人总觉得比别人高明，以为一切都像书本上的科学一样可以学得到。事实恰恰相反，艺术好比垦荒，需要永不停歇地努力，没有一刻可以坐下来喘息。

对于艺术，应该做的是全力以赴，不惧怕被指为狂热的个性表现；只能自己努力耕耘，无论快乐还是痛苦，永不放松；不要总在故人或今人中为自己寻找后盾，也不能满脑子都是技法。

有些人认为，只要按照指令行事、只要具备如满弓一样紧绷的意志，就可以获得一切。岂不知，这种做法才恰恰是个人主义或类似东西的表现。另一些人则认为，没有必要知道得太多，就可以乐享失而复得的艺术天堂。

在闹市区，在呈放射状的城市中心，在肥沃的比占斯①生长开放着此地独有的一种奇异的花，那就是"恶之花"，你会大声喊出这个名字。内心的灵感被如此打了折扣，还加上带刺的铁丝网，可怜的人们，你们可不要这样冒险，不要对你们的做法那么肯定，不要以为一成不变的美

---

① ［译注］Byzance，古代城市名，先后为古罗马帝国、拜占庭帝国和奥斯曼帝国首府。

学院里那些先生们说自己是某某先人的真正继承者，就个个都是奥林匹斯神了。我对他们并没有恶意，但一看他们的作品，我就不能不对他们产生怀疑。

既能反映个人内心世界又深受欢迎的艺术是不存在的，这种艺术与史诗、传奇类恢弘的艺术比较起来没有地位。使某种艺术得到尊重的既不是认可它的人有慈爱之心和禀赋，也不是这些人给予了这种艺术以担保。艺术不应当只是装饰性的，从它本身讲，既不应该令人难以捉摸，也不能庸俗。当然，它也不应该是阿拉伯式装饰图案。唉！那些想成为高手的人们，死了心吧！能够带给朝圣者教益的并不一定是绘画主题，而是主题所彰显的内容，是生气，是力量，是优雅，是热忱。因此，有些所谓神圣不可侵犯的艺术，完全有可能是外行的东西。而那些在动手绘画之前先乞求能够画出好作品的人，其作品恰恰可能是平庸的。安吉利克肯定不相信这种做法，也不希望这样做。但这不意味着不允许有远大的目标，如果一个人总是对自己低要求，也就不奇怪自己为什么总是不能如愿以偿了。

艺术是释放，虽然释放也会有痛苦。而对于那些没有追求精神自由意识的社会底层而言，艺术则是罪恶。

在莫罗工作室学画时，我刚 20 岁，就已经被人叫做鲁奥老头了，但我一点也不为此不快。嘿嘿！我笑颜以对，生着明亮眼睛和栗色头发的我，感觉自己在某些人眼里应该比那些可笑的正在为成为富豪而奋斗的人更富有，因为，我虽穷，却不像有些人为穷而苦恼，为穷而抱怨自己的命运，或者为穷而暴跳如雷。

每天我们总是一大早就唱歌、边画画，虽然画得很糟糕。老师一来，顿时一片寂静，因为老师虽然面容慈祥，有时也会发脾气。他默不做声地从一个学生走向另一个学生，认真履行他的教师职责。他所做的事情早已超越了老师的角色，尤其是星期六修会日，他会在距工作室不远的他那间小画室里批改学生的画稿草样。他会尽情分享我们的欢乐与玩笑，也常常因此延迟吃午饭的时间。一到楼下的古代艺术班，他必定会被那些还没有选定老师的初学学生团团围住。

多亏他，我们懂得了艺术不是什么轻松的事儿。偶尔我们也会走回头路，会犹豫，会不大确定是否应该一代又一代地追随我们的前辈继续走下去。传统就在我们所呼吸的空气当中，它像开放的花儿那样香气四溢，并没有数学般精确的规矩。生活是一种梦境，如果每天都要论战，每天都得掂量形形色色的观点孰对、孰错、孰不偏不倚最正确的话，恐怕没有谁不会半途而废。应该心平气和地告诫自己：每天的烦恼已经够多了。但也不能因此呼呼大睡，必须经常保持头脑清醒。

我对年迈的老师说："面对这完美的、以娴熟技法完成的作品，我哪里还敢说自己在努力，我所付出的努力太微不足道了！恐怕只能检点自己努力得不够，除此哪里还能有他想？"

老师（非常肯定地）回答我说："您有自己的路子，您有路子，我向您保证这一点。就算道路已经被某些尽善尽美的古典作品所充斥而难以进入，您也永远不会因袭守旧，您甚至用不着费多少心思去判断。所以，让那些前人去死吧，随他们拉帮结派吧！您要真诚地走自己的路！您应该为着您自己而生活，为着您自己而忍受痛苦。有些事情，只有在经历了磨难之后才能真正理解，唯有那时，当您真正经历过生活、经历过痛苦，您就不惧怕孤独了。

唉！贪图享乐的人们，对于有些朝圣者来说，这个世界上的痛苦永远不可能消除，它转眼间就会重新出现。

那些道貌岸然、神气活现、喜形于色、有权有势的人们总是令我发笑。你们以为自己在享受生存的快乐，实际上你们不过是在耳不闻、眼不见的状况下活着而已。难道真的没有一点闲暇去看看这个世界，只有当现实给予无情的打击，或者当头脑里陡然冒出个什么罕见念头时，才会去注意这个世界吗？

有些艺术品就是为让人们喝倒彩而诞生的。从绘画的角度讲，哗众取宠永远不是我的目的，我从来不想有什么绯闻，不想与人争论，也不想刺激或伤害别人。我也没有见过有谁真像头被惹急了的猛兽那样扑向什么人，如果有这种情况，那这个人一定是个无耻的下流痞，应该是这样。不不！绝对不可能！他们永远不可能让我用绘画来表现我所不愿意表现的东西。他们从来没有明白过我内心对于这个看似被我讥笑的人的想法是什么。他们跟我一样，无论是在和平年代还是在战争年代，都会因为紧张而从没听见过那被宰杀的野兽嘶哑的喘息声，只见那猛兽半张着的嘴，却发不出任何声音来，就像在一场令人心碎的梦境一般。跟老牧神潘①一样，我眷恋这片土地，但我深感沉痛，因为我看到成千上万的人死于可怕的战争。我因此成了没有了声音的哑巴，呆坐不动，像被蛇迷惑了的鸟一样一派迷惘。

想着那些死去的人们，他们无论社会等级如何（就是这个地球上现在依然存在着的等级）都曾因着"人"的称谓而感到荣耀，我就更加赞同宗教的持久耐力，并且越来越亲近于它。

> 可怜的舵手
> 在一望无际的洋面
> 我若渺小的尘埃
> 随风飘荡。
> 我爱神圣的和平
> 和那黑暗深渊里的光辉
> 那是战争中的智者
> 我永远不会背叛。

你孤独地生，又孤独地死，既不是情愿所致，也没有着力追求。在那些性急的人看来，你或许是胆小或悲哀的，或者，您若在年轻时感受到过正义者的公正判断，但很快又发现他们原来也像墙头草一样会轻易改变观点，您就变得坚强了，水手。

---

① ［译注］Pan，希腊神话中的牧神。

主啊！

如果说我的生活中从未曾有过什么磨难，我是否永远不可能体会孤独一人默默无闻而持久努力的代价？

明知没有任何可能性，依然试图逃避每日常规的人还不算野心勃勃吗？

居斯塔夫·莫罗说过："要想欣赏富于想象的作品，多少也得有些想象力。"

早年一次拜访莫罗时，我战战兢兢地拿给他看我的几幅试笔画作。他看后说道："哎呀，您喜欢材料，好啊，您等着看吧，我祝您好运……,"他重复道："您等着瞧吧，您等瞧看吧。"我回话说："您说什么？您说的材料是什么？"他说："怎么？您问我材料是什么吗？"

后来，在看到《圣女哭基督之死》这幅获罗马奖的作品后，他又一次跟我说起这个话题："您说您一事无成，瞧呀，您真不知您正在做什么？"

他已经看出材料对于我是不可或缺的，但我自己当时对此却没有太明确的意识，我甚至对什么是材料都还没有一个准确的概念，而且不清楚为什么。他又笑着下了这么个结论："没有人会因为您用绘画给大家带来愉悦而对您有任何的感激，对此，您并不怀疑，但您还是做了。"

马塞尔·桑巴先生将好几幅画作为礼物赠送给了格勒诺布尔博物馆，其中就有《圣女哭基督之死》。这幅画是他在罗马艺术大赛作品展后不久就买下的。莫罗本希望我在这次大赛中得头等奖，而不是第二名。也正是因为这件事，我彻底成了被排斥在外的人。桑巴在提到莫罗和我时说"母鸡孵了一只雌鸭蛋"。这听上去可能很有趣，但并不十分公正。有段时间，那时还没有人建议我的老板（即居斯塔夫·莫罗——译者注）把他的房子加高，好让他看到他那些多年创作的作品全部堆在一起直达房顶是什么样子。在我参加了两次罗马奖评选后，他向我吐露了一个愿望（他当时身体很虚弱）：他想远离巴黎，住到意大利偏僻的小城，在那里可以安静地作画，避开那些在他看来没有价值的争议和论战。

　　他最终总算接受了我，给予了我的早期作品非同一般的点评。实际上，他早已在我的绘画中看出了更为自然主义的苗头，那些画不同于《律法师与童年耶稣》和《基督死亡》，甚至不同于那幅画了两个屠夫的速写。我却认为他可能更认可我的早期作品。较之有些批评家，他有一百倍的能力识别"这里玩的是什么花样？"所有的人都是这么说的。

　　举个例子。我给他看过一幅大风景，他明确跟我说，该作品所表现的绘画品质在他看来并不令人愉快，他甚至给出结论："有点像油布。"他说得十分准确，但仅仅在此后两三天的一个晚上，在他家，他又对我说："我又考虑了一下，从某种意义上讲，这的确不够好，但从绘画的创作角度看，却非常有感觉。"他又笑着说："您是莎士比亚家乡的人。"我当时并没有完全理解他话里的意思。

　　有时候，搞大众艺术的画家对于真实并没有多少要求。即使这样，他的技法也必须与他的愿望相适应！要是为了装饰一只香水盒或一把扇子，画家就没有必要考虑自己的"风格"是否适合大尺寸作品。

　　我没有任何偏见，也不枉做任何评论，但星期天在博物馆，一个男孩子的表现却让我很吃惊，他当时正在用手划拉一幅卡利埃没有绷紧的画，他妈妈批评他不能这么做，他却向妈妈喊着"有雾气……，有雾气……"。

　　在罗丹的一件作品前，孩子的父亲绕作品看了一圈，若有所思、满怀敬意而谨慎地对家人说："我认为这是一段树干。"

　　有一幅老画表现的是两个军队的全权公使们正在签订和平条约，在他们身旁是些面庞丰润、漂亮可爱的人，他们手执着火炬。导游不假思索地解释说："这是童年让·巴尔①，他正在给火药桶点火。"如果画面

────────────

①　［译注］Jean Bart（1650—1702），法国私掠船船长。

上是些藏匿的酒桶，他的理解还能说得过去。

我不想就这个话题说得太多，也无意挖苦一通了事。也许这件事会让我们想到，开设一所稍微好点儿的导游学校是十分必要的。然而，有的时候观众会坚持自己的理解。有一位外国女士就是例子。有一次，卢浮官方厅正在展出伦伯朗的《以马忤斯的使徒》。这位女士手指着基督，用权威的口气喊道："这好像是个鞋匠。"

我们年迈的上帝正是以这种让人无限热爱的艺术唾弃那些态度暧昧的人，不是这样吗，塞尚老爹？

话虽这样说，我却并不认为自己是在颂扬那种矫揉造作、伤感而肤浅的躁动，那是一种四日热。正是这种躁动使一些人因为反对各种形式的研究、认为它们太过简单而成为所谓反古典主义者。

古典主义有自己的特定符号，我是说类似的东西，就像夸张之于浪漫主义一样。然而，正如塞尚所说"相信这一点并为之庆贺的甚至不是布歇"，当然，更不是普桑了。

有些画虽然画得轻描淡写，却能获得极好的效果。绘画材料所能达到的效果，不是像"砌砖"那样砌出来的，而要像使用泥抹子那样操纵调色刀。

然而，这种形式的"装饰艺术"却逐渐使人们失去对于材料的好感，在未来，有些油画也许变得容易褪色，因为油画画得有点像水彩画了。

雷诺阿和塞尚在某个年纪、甚至还相当年轻的时候就回归了博物馆，但却不是因为好奇，也不是凭一时兴致。在位于罗马街上的杜朗-吕埃尔府就能见到雷诺阿的《茅屋》、《萨玛利肖像》和其他作品，不乏有人对这些画作喜爱有加。

至于塞尚，可以说他赢得了各个方面的认同，不仅有革新者，也有印象派的追随者以及官方借印象派牟利的人。塞尚说过"照原样复制普桑的画"。这句话颇令人费解。塞尚是个纯粹的画家，他不可能一丝不差、完全精确地去做这句话对于大多数人可能意味的事情，必须理解它的精髓。

雷诺阿很喜欢拉斐尔的《漂亮的花坛》，因此招来了 J. -K. 于斯曼的风凉话："怎么？您还呆在拉斐尔的溴化物里呢？"然而，J. -K. 于斯曼，包括莱昂·布卢瓦都错了，他们指责拉斐尔那些圣-叙尔匹斯街小幅组画，这些画与他的某些作品并没有什么关系。

至于德加，他应该在有生之年看到了安格尔辉煌的展览，是由刚刚故去的拉波兹组织的，他一幅一幅地看着展出的作品，带着口音说道："这对我们的后生该是多棒的一课！"

堂而皇之的说道终会烟消云散。我扯得远点儿，就连我们的艺术也有可能得借助雄辩和洞察力来加以讨论。但也有相反的情况，有的人虽然不露声色，虽然不会堂而皇之地解释自己所做的东西，却能很好地创作出高雅的作品。

有些人说"艺术行将消亡"，岂不知有时临近死亡的恰恰是说这种话的人。

光阴掌握着生杀大权，有人被抛弃，有人又恢复了声誉！

老卡利埃说："难道让生活本身来做抉择不比让布格柔①和博纳特②之流挑三拣四更好些吗？虽然生活是艰难的。"

对于一个画家，画面与色彩就是他存在、活着的方式，是他思考和感受的方式。

就这样，一个与那些理论家截然相反的穷家伙，那个不足挂齿的画家诞生了。只是狭隘地搞理论的人总是戴着眼镜，或者用望远镜、放大镜、甚至天文望远镜，也可能不用这些东西，他们所质疑、权衡、掂量、打量的是重量，是尺寸，他们是用土地丈量规在测量水位。显然，这些人的理论和他们貌似合理的算计都不是什么好东西，而出自不知道什么人之手，也许就是那个对生存、对画画都没有要求的不起眼的可怜画家，在囚室般的小画室或在宫殿里、以最简朴的方法完成的随便什么

---

① ［译注］Bouguereau（1825—1905），法国沙龙画家。

② ［译注］Bonnat（1833—1922），法国学院派画家代表人物，有《安格尔先生像》。

作品，却足以让我们所有的艺术学者们那些通情达理的、理由充足的、或许可以持续一百年的评判瞬时变成胡言乱语。

但似乎没有任何事情能够战胜他们。他们是些数字：他们会一本接一本地写书，他们的资料堆积如山，形形色色最高雅的作品是他们未来的饰物。

可怜的小人物画家，如果你的画作比那些卖弄学问的人的所有著作都更能感动人的话，他们的胜利又何足挂齿！

那时，大沙龙还只有一个，那些非主流的、官方圈子以外的画家很难找到哪怕是很小的一块肥缺。莫罗去世后，除了极少数人借助香榭丽舍沙龙得到了显要职位外，整个画家队伍却没有这个运气。但就在同一时期，独立画家已经出现了，接着，有了秋季沙龙，在卡利埃时代，又有了国立沙龙，国立沙龙很快也归于了官方沙龙。

不能充当评审员或裁判，也可能会有某种如德加所说的"给美术泄泄气"的好处。对于一些人，有了这一圣职就意味着有可能把库尔贝和马奈驱除出绘画的王国，如果他们的健康状况不大好的话；也意味着将那些未列入比赛的人永远排斥在外。而对于其他人，有了这一圣职则意味着宽容一切新事物。

我不认为自己比众人看得更清楚，那样想很可笑。我觉得从某种意义上讲，作为一个战败者可能比胜利者更好。战败者，谁又能说清它的含义呢？

一头狮子却生着阿里伯龙（Aliboron，驴；自作聪明的傻瓜。——译者注）的耳朵，就连行为方式和思想方式也都是它的。阿里伯龙可是自认为天生有才，而且还是一种最为罕见的、不同于天性的才能。如果这个丑家伙装出讨人喜欢的样子，以为自己是妙龄美女，别去打扰他，就由他闹着玩儿吧。地球照旧转动，春天还会再来。到了那一刻，当不再有人强迫我必须与你在同一个地平线上观看大自然和人类的作品时，无论你说什么，做什么，想什么，都与我没有意义了！

我在杜伊勒里看塞尚画展时[①]（我早就见过他的几乎所有油画，而且就我一个人。有些是在拉斐特街见的，有些在格拉蒙街或索姆尔街，在1914－1918年战争就要结束的时候。那段时间，昂布鲁瓦兹·沃拉尔的系列作品被封存起来），我吃惊地发现舆论是多么地不公正。好几个人都有撰文评价这位所谓的自然主义画家的作品，但却没有多少评论涉及他的技法。塞尚的创作无论从材料上，还是从构图的设计以及色彩的协调上讲，都是精湛而微妙的，相对于那些将印象派当作一种浮浅艺术去追求的人来说，塞尚的作品则有着自己强烈的个性和完美的平衡。远不同于将现代主义简单化的人，塞尚激励我们不必追随德加和雷诺阿，而应另辟蹊径，以曾为他带来荣耀的坚韧精神逆流而上，回归稳重而强烈的绘画传统。

一位即席评论家当着我的面跟一位殷勤的新手低声说："这根本就不是画！"这么说显然是因为他在这儿没有找到一般作品通常都会有的、经过反复修改的东西，而这种东西往往能够愉悦大多数人。

昂布鲁瓦兹·沃拉尔派我去埃克斯·昂·普罗旺斯[②]料理塞尚喷泉事务，后来在那里发现了好几幅素描，其中也有我的画作。最初的计划很快偏离了方向，我突然产生了在马赛普热大道的公园广场旁修建一座喷水池的想法，将普热、塞尚、杜米埃的圆形肖像镶嵌进去。之所以产生这个想法，是因为我已经对在埃克斯·昂·普罗旺斯修建喷泉失去了信心，因为要经过多家行政部门，太复杂了。我一向害怕官僚制度的拖拖拉拉。埃克斯·昂·普罗旺斯是一座漂亮的喷泉城市，有人跟我说，有一座老喷泉池上镶了由雷诺阿做的塞尚圆形肖像，但我再没有去过那里，所以没有看见这个肖像，而且，如果塞尚在他的故乡并没有得到太多的尊敬的话，这样做应该是为着众多追随他的人着想的。至少，我不认为这有多么重要，也不希望搞什么塞尚崇拜，我想塞尚本人也一定不

---

① 1936 年。

② ［译注］法国南部普罗旺斯地区城市，塞尚的家乡。

喜欢这一套。

以我们的作品来保护我们自己，这才是重要的。有多少纪念碑是仓促而就的，面对这些纪念碑，年轻一代会说："这位先生是谁呀?"有多少街道、多少死胡同是以皮耶尔或保罗命名的，但人们更可能微笑着去想，这些街道以前的名字是多么美丽迷人呀："猫捉鱼"街、"太太塔"街、"鹌鹑岗"街、"云雀鸣唱"街、"爱人在此"街等。

古人与今人

兰斯天使的微笑，使徒，线条粗犷的圣人，历经磨难的人们，他们正直而坚毅的面庞似乎要成为永恒。

他们不像鲁本斯作品中的果肉那样饱满，他们就是水果本身的样子，非常坚实，也不像有些意大利人作品中相当优雅的人物，他们是另一种人，呼吸着法国乡间的清新之气。

他们的样子骄傲又单纯，前额不像画像上的少年耶稣那样宽广，耶稣熠熠的目光闪耀着令人生畏的理智之光，同一幅画中拿破仑皇帝的神情一样。

然而这些质朴的石人、垂肩的圣母、少年耶稣以及其他所有的侍从、小天使、小鬼都栩栩如生，卑微的同行在昏暗中或是在阳光里雕刻了他们，这些雕像的身体完全同建筑本身融为一体，同这壁龛、这转角、这凹处、这凸窗契合得完美无缺，朴素叶饰的刻线或强劲有力或柔美圆润，这对那些枉自以为能够学到处理大型题材宏伟风格的人来说，是一个范例。

"不是为我们，主，不是为我们，而是为你之名赐予荣光！"①

这些雕像就是天主圣堂里的常春藤和温婉雅致的饰物。

米开朗基罗的《最后的审判》中，那些抽搐的身躯在说："活在我们自己的内心"，他们沉睡、扭曲、肌肉紧绷，但是致命的麻木控制着他们。他们沉浸在内心的梦幻中。

雕像的身体呈现花束、缤带的样子，在极度忧郁的深色背景下突显

---

① ［译注］原文"Non nobis, Domine, non nobis, sed nomini tuo da gloriam"为拉丁语，语出《希伯来圣经》。

出来。你会感到是一幅凝固的古代图景，其中的人们被施了催眠术，无法赶上新世界的步伐。令人生畏的悲壮宏大的史诗永远不会结束粗鲁的举止。他们在等待。谁来解救他们？是被囚禁的人！他们的创造者自己就是被囚禁的人！

噢，米开朗基罗，那些永恒的雕像，在您刚雕出他们的时候就闭着眼睛。

这就是为什么，摒弃雅致，凭着对生活的热爱，一幅拉斐尔的画，一幅鲁本斯的画，就好像是一群快乐无忧的孩子在嬉闹。

米开朗基罗是现代孤独的忧郁鼻祖，深爱的艺术是他逃避并且充分展现自我的港湾，各种可怕的磨砺困扰着他，直到死。

昨天夜里我在梦中与批判画家弗洛芒坦先生相遇。他手里拿着一个很大的放大镜，像个谨慎的商人，彬彬有礼地讲明他的"应得和所有"，为了做好进一步的评论，他在仔细清查伦勃朗的某些作品。

他斜靠在《夜巡》上，从左到右慢慢地移动，又无数次回到起点，非常谨慎、非常认真。

还能再要求什么呢？可是不知道为什么，我总觉得他有些鲁莽。

他很会写，他将一生所得的荣耀集结成册，但他不会说："我知道什么呢？"这一点，伦勃朗要比他强。

我听说，某天，一位专家非常欣赏的一幅被誉为荷兰老狮的作品，已经被人动过，甚至是被重新画过了。他说："这有什么？否则这画早丢了。"德加回应说应该让这画安静，还说一幅艺术作品最怕的是某些人的手。这位保守的专家非常震惊，当轮到我时，我对他说："您对伦勃朗的才华充满敬意，您认为那位修复这幅画的人有相同的才华，竟然敢于重塑伦勃朗的某些形象吗？"

伦勃朗，不走寻常路，他对所有接触过的主题进行了革新。同时代的人排挤他，不理解他，而他诠释了一种特殊的情感，不用徒劳的手势，在淡墨中展开的主题更敏感，整幅画只由几个主要线条构成。

他的众多肖像都没有笑容，除了一两张很年轻时画的。

如果我没有搞错的话，与所有爱炫耀者相反，他难道没有以人类的情感、内心感受，以一种纯洁、朴实的情感，来做早期艺术家已经在另一种指令下，以另一种更加神圣的态度做过的事情吗？

绘画艺术，从它无尽的源头上就被人如此误解！人们以世俗的好奇心来看待它，而不是以品位和强烈的渴望来更好地认识、理解或热爱它。

你活着的时候，我们的柯罗，有人谴责你根本不会画画，或者说你不按当时的规矩行事。你只用一根琴弦，就能弹奏出比那些演奏辉煌管弦乐作品的高手更富色彩的音乐！不过我敢肯定，是他们给你上课，他们是传统主义者，或者他们认为自己就是。你，你在边缘，在传统的旁边。你太单纯了，我们的柯罗，为了让他们高兴，你说，"我作画很随意"。可是你看：他们都死了，而你活着。

如果安格尔成为最高统帅，你就会唱出无与伦比的优美小调。最初你画的一些风景画，基本上是古典风格的，你勤奋、认真、专心致志、追求技法的完美。你收获，你专注。辉煌时刻即将到来。着手远行的人，就会这样做一些预防和储备。因为对于一个强壮的人来说，有时间来播种、发芽、开花，然后收获粮食或者葡萄。

这个库尔贝，他是怎样的画家啊！尽管有时缺乏品位！然而您总会发现一些追求完美的朋友，他们会因为不能将泰伦提乌斯①和莫里哀，安格尔和库尔贝联系在一起而遗憾。其他人，将会因为看不到任何一个同他一样像雄狮般吼叫，又像羊羔般咩咩叫的艺术家而遗憾。太遗憾了！

在珍藏于卢浮宫的作品《画室》中，其中心位置只有一个裸体模特，这就是一幅画了！至于《奥尔南的葬礼》，它在昏暗的房间里被搁置了多久啊，我们现在终于看到它了。当然，《荷马的凯旋》更容易被

---

① ［译注］Térence（约公元前 190－前 159 年），古罗马喜剧家。他的作品触及各种现实问题，特别是家庭关系和青年男女的爱情婚姻问题，宣扬仁爱思想与自我牺牲和宽恕忍让的精神，目的在于缓和当时的社会矛盾和阶级斗争，从而维护罗马新贵族的既得利益。泰伦提乌斯在欧洲戏剧发展史上占有相当重要的地位，对于 18 世纪欧洲戏剧的影响尤为显著。

当作大作品。人们让库尔贝在黑暗中挣扎——把他称为"粗鲁的自然主义者"。理想主义者安格尔，有点复杂，不够简单化。想要给某些价值排列次序，那是浪费时间。

来自于普罗旺斯的塞尚保持着细腻的风格，有时也颇显威尼斯之风。库尔贝刚开始画画时，有段时间经常去他那儿，格列柯也是。不过这些影响对塞尚都很短暂。

他活着的时候，人们不太理解他画的画，更不理解他说的话，明天，他可能会，像瓦格纳①一样，给那些正在上升的几代人的歌颂者们带来绿荫，他们想在太阳下找到一个位置。有时候他会激烈地反抗，好像，我敢说，他意识到自己的价值，用绘画语言来证明，因为他有时候会跟当地知名艺术家开几个普罗旺斯玩笑，一般都是狡黠的玩笑，并无恶意。

与他同时代的那些傻瓜嘲笑他，说他整天念叨着绘画的情感，自我显摆，说他视网膜出了问题，画画像个醉鬼，人们不用花什么钱，就能从克罗赛尔街的唐吉老爹那儿买到他的画——水果或风景。J. -K. 于斯曼在《某些人》中说："他画得歪歪扭扭"，这句话让他出了名，但是他的讥讽错了，人们凭借自己的鉴赏力，接受塞尚，赞赏他。

马奈，他，源自于西班牙的博物馆，但在他的粉彩画里，就像在其他绘画尝试中一样，保留了最有价值的巴黎时尚。那些步他后尘的人，往往只是轶事收集者。他一直是个出色的画家。他天生就对现代风尚极度敏感：看《奥林匹亚》和《死去的斗牛士》，它们远远超过了同时代的作品，反映了一个短暂的绘画时尚，——甚至，我要是敢说，这些作品将他推到了另一极。

德加先生有时会挣扎在谨慎、敏感的现代派学者与古典遗憾之间。裹挟他并将他推向更广阔天地的绘画浪潮从来没有来过吗？

---

① ［译注］Wagner（1813－1883），德国作曲家，开启了后浪漫主义歌剧作曲潮流。

德加先生在沙滩上保持着严肃、审慎、沉思，他不太喜欢旅行。他给我看了一幅由他收藏的高更的画，他只用友好的目光跟着画家到塔希提，并不离开拉瓦尔街。我常常在他的一个18世纪的沙龙"美好希望"里见到他，在那儿，自从他慢慢有名以来，应该有一个很私密、很温馨的院子，让他可以回旋——不过他一旦想到什么有趣的事，第二天就会抖搂出来。

从某种意义上来说，德加像雷诺阿一样，怀念学院派，确切地说，是强大的学院派，他认为有些画家如果找到了自己的表达方式，不锱铢必较，也不要太犹豫不决，虽然他们什么都不曾有过，只要豁得出去，到了70岁仍然可以进步，仍然可以表现自我——虽然其他人在50岁之前，把要说的话都说了。

德加先生，他只消一句傲慢无礼的话，就能把你气走。他坚定、冷淡，有些爱发牢骚，但内心，不管他愿意不愿意，充满着那不勒斯祖先的活力和激情。

对我来说，我觉着他有一种忧郁的自尊，保持着"大资产阶级"的矜持，这么说毫不过分。

德加先生，如果我凝视着您，心中一定会涌出几个没有答案的问题，不是没教养的孩子出于对您的好奇，而是，当然，我对您隐退后的生活很感兴趣。面对这个纷扰的世纪，这种羞怯，这些愤怒，还有面对艺术的尊严，所有这些，都被其他人任意对待，而你的做法，让我喜欢。

像从前那样做，不再参加沙龙的展览，逃离那么多同时代的人，甚至逃离那些自称您喜欢的人的蔑视或误解。

您得到了安宁。花什么代价才能得到同样的好处呢？您得到了创作的安宁。——但，其实，您真的得到这份安宁了吗？

当某些人之间有过节，野心勃勃地互相较劲时，他们比路上的石子更难应付，您想绕过这些小圈子和小团体，他们之间会毫无根据地互相认为有天赋，是天才。

如果依照真实见证人的说法，您的生活灰暗、悲伤，但是他们忽略了一些现象，虽然您不喜欢拍照，但是您同时代的人还是拍到了您的照片——不过他们忘记了环境。

如果说您的时代伤害了您，那么艺术拯救了您；艺术以它应有的方式拯救了您。如果说您的解剖刀有点儿犀利和严酷，想要给我们人类添加一点忧伤和干涩，那么您的时代给您打下了烙印（这么说着，我想到了那个靠在熨斗上打呵欠的姑娘——并非平淡无味的自然主义记录），给您打下烙印，有点像苦役犯。但是，艺术拯救的是旗帜——比您机智的语言要好，语言只是向巴黎小人的空弹射击。虽然我觉着在这儿提起那几个动过那幅画的人，不无用处，但是挖苦、打击，都会在远处变得模糊。

关于官方沙龙的一幅叫做《加莱士温特出逃》的画，德加说："她走开了，因为油画的背景毫无价值"——这句话类同于弗兰对太过挥霍的西班牙画家说过的话："好在这一切都结束了！"

一位法兰西学院的孤独画家，后来说："这位隐者知道列车时刻表。"

一些印象派的推广者说："他们竟然用我们的翅膀飞翔。"

另一个人，与德加有点像，说："他们向我们扫射，又翻我们的口袋。"

一个自称不惜任何代价想成为现代派的学院画家说："（他是）一个燃烧的消防队员。"

一个有点难对付的经纪人说："都是他得实惠，我们挨骂。"

一位著名的金属雕刻家，创作过大量快艇上的高挑优雅女士形象，他说："这是一台瓦特……蒸汽机。"

关于画家和一些知识分子的报道："文学解释艺术，却不理解艺术，艺术理解文学，根本不用解释。"

左岸的一位画家，常常在公园里画美轮美奂的年轻姑娘："凡尔赛-蒙巴纳斯。"

一天，德加跟我谈起以前的大师，我们聊了很久，很开心，他总结说："（同他们相比），我们画画都像猪！"然后，他又压低声音，一字一句地说："应该重新做奴隶。"

当我向他提起他对居斯塔夫·莫罗的苛责，并告诉他我老板对他如此迥异的态度时，他郑重地用弗兰的话回答说："呃……我去参加他的葬礼了。"

他一直送我到门口，我耳边还回响着那句令人沮丧的话："应该重新做奴隶"——而在维克多-马瑟街，卖报的在一片嘈杂中，声嘶力竭地高喊："《自由报》——《人道报》——《决不妥协者》。"

德加生着漂亮的眼睛、胡须，头发像丝一样，他的脸古朴且线条清晰。他开始谈话的时候语速有点慢，但是渐渐便活跃起来，展现他的幽默诙谐，简短、并不拖沓，也不会让人觉得他是发牢骚。

内心深处的自然主义者，总是耐心观察，仰慕某些前人，有着克制而审慎的激情。

对于深爱的艺术，他有些看法，但这些看法被嘲笑和反嘲笑分割。着装传统却毫不过分，很多怪癖是人们无端强加给他的。

他会突然调整架在鼻子上的眼镜，将对话者看得更清楚一些，如果这不是怀疑，至少是某种高度的警觉，从来不模棱两可。

唤醒社会，有攻击性，好斗，爱走极端，但是正直诚实。有时候听到他的名字，就会想到波拿巴街桑树院子里，用金字刻在他的半身雕像上的安格尔说过的话："画风正直。"

德加自愿缩小他的实验场。他执拗地坚持着，克制着对美好绘画的热情，质朴的学者，他画的舞者犹如扁平浅浮雕，消瘦的肩胛骨和有力的锁骨，膝盖、扭曲的脚，却柔软、生动，他勾勒出胯骨的轮廓，圆滚滚的胖肚皮。J.-K. 于斯曼、科基奥，常常见他勤奋作画。因为他的脑子里一直萦绕着关于安格尔的回忆。[1] 德加虽然没有被两种潮流撕扯，

---

[1] 居斯塔夫·莫罗跟几个初学者说："在有生之年，不能停滞，除非已经被残酷的练习榨干了。别以为能继承安格尔的笔尖，你们会害了自己。还是把这唯一的、珍贵的铅笔放在古老的玻璃球体下吧，那里珍藏着你祖母的橙花环，临摹得那么像，虽然已经有点退色，但是保存得如此好。"

但是却被一种用叠加透明纸描画的古典形式纠缠、干扰。这位所谓的自然主义者决意拓展画风：他重拾不断修改的方式，孜孜不倦。他的画不总是色彩鲜亮，他著名的色粉画中的人物也并不总是笼罩在富足美好的和谐中。

他把对安格尔的崇拜附加给了他的时代。① 面对潜在的无政府主义，对个性的滑稽模仿，对绘画科学的蔑视，还有强大的平庸之势，他像塞尚退回埃克斯那样，孤独地退回巴黎。

他走上弯弯曲曲的废弃了的老蒙马特街道，像一位半盲的新荷马，用他那虔诚地向艺术朝圣的拐杖敲击地面。

他试图在油画中表现出与在粉彩画中同样的自由，却并不那么幸运。受前人完美杰作的困扰，他无法同意切断将他的轻舟系在古典之岸上的绳索，航行到广阔天地去寻找一个新的绘画世界，他并不太相信这个世界，他相信的是传统艺术。有一点，他大概没错，他比我们，比整个评论界都更清楚他的方法的分寸，以及他独特领域的宽广。

---

① 德加真的非常热爱安格尔。他买他的画，并把它们放在家中的马奈和德拉克洛瓦的名画旁边。

我觉着安格尔曾经不被人理解；他的几幅优秀作品足可以得到他那个时代的认可，人们还是很喜欢他的，一方面源于对浪漫主义的热爱，另一方面源于对学院派的冷淡，一种很普遍的力量。

今天，为了重建平衡，人们很容易对德拉克洛瓦表示不公正，人们过激地评价他，这的确是他那个时代的明显特征。

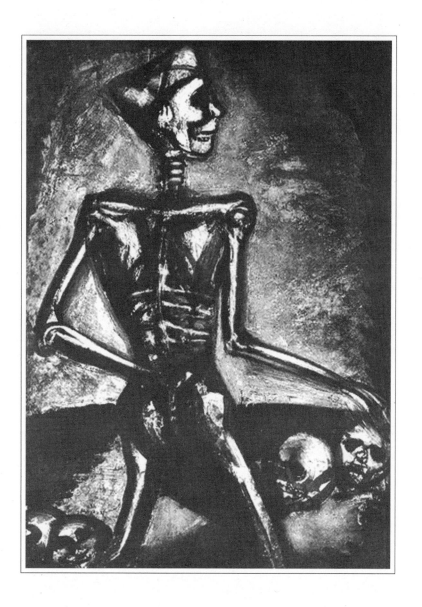

绘画游戏

如果别人说太阳底下没什么新鲜的，孤独的艺术家，别相信，否则你可能会对天底下的事儿过快地垂下眼皮，漠不关心。一定要兴致盎然地面对这个世界，就连观察最小的虫子，也要津津有味……

尽量别教训别人，一定要经常修正自己不确切的判断。如果你不能总是和时代同步，即使他们把你看得连路上的石子都不如，也不要愤恨、恼怒，不要背离时代，不要打无用的笔战来捍卫自己。或许他们有自己的道理，或许这应该是冲着你的精神财富，要不就是冲着你的物质财富来的？

如此多墨守成规的人喜欢所谓经验论导致的混乱！一个中庸的折衷主义有时会让人咽下一些截然相反的东西。

在自由的幌子下，有如此多的幻像，欺骗性的外表，多么可怜、滑稽！以传统秩序为借口，出现了多少假托先贤之名、令人痛心的"代用品"！

有那么多人，直到世界末日到来之前，内心仍然充满了自我，对自己的所作所为极端自信，他们会掀翻过去的一切！当他们20岁的时候，其中某些人会一边高歌："给年轻人让位！"一边不加选择地烧毁卢浮宫。可是到了快五十岁，已经有些发福了，他们有时会踱向运转良好的法兰西学院，又忽然有了永垂不朽的念头，变成了循规蹈矩的人，他们会给自己关于过去的一些妄言，安装一个减弱器，他们平静了，变得非常温和，安安稳稳地坐在漂亮的镀金扶手椅里。

其余的人，面对先贤们所达到的无可模拟的技术上的完美，会变得懈怠，只知道顶礼膜拜，从不考虑要超越前人。而这些先贤们要是还活着，早就随机而动了。幻想一种令人赞叹的技术上的完美，不应该让我们忘记甜蜜小调，忘记萦绕在我们心间的那些更具英雄气概的节奏，即使这无益于得到某种技术。有人忘了将这种技术教授给我们，然后说，可能有成千上万的东西并不值得关注。

还有一些人，安格尔严厉而庄重的眼神揭示了他们的使命：就是拯救艺术——一项难以完成的使命，可以肯定，是人类的忘恩负义以及上帝的抛弃注定了这长期的苦难。为了得到预期结果付出牺牲又有什么关系呢？确切地说，要不，马上重建教堂，至少按照需要控制、消灭"个人主义"这个怪兽，万恶之源，同时铲除那些探寻者的根，他们一无是处、误入歧途、腐坏堕落、骄奢淫逸，声称根本不满意这个可视的世界，而要"重新创造一个他们憧憬的世界"。

当人们手里有现成的样式、定好的颜色，就会疯狂地把自己想象成一个工具！冒失鬼们齐声说，他们控诉自由主义者们逃避于艺术，就像疥疮上的虫子，啃出令人恶心的一条条深沟。

我们的艺术也许是所有东西里面最封闭的，是从未被开垦过的处女地。

我不为那些宣称"在绘画方面没什么需要再讲的"人说话：在形式和色彩方面，什么都还没有说清楚呢，要靠感知无穷的细微差别来说清楚。

为什么艺术作品必须与时间、环境、脉络保持协调、一致、和谐？为什么不能有时悖逆时间、环境、脉络而特立独行地坦言。

今天的艺术作品越来越直白，请容许我这样大胆地说，甚至那些自认为技巧纯熟的人也一样。他们被色彩的强度暴露了，这些灵巧的杂耍艺人，色彩的强度就是一切。伦勃朗可以重拾一些在常规公共场合大家都画的主题，并将它们改良。您会说："这是他的天才所在。"我说的色彩强度，不是靠天才，而是靠深层的感受和长久的思考才得到的，远远不是速度和系列绘画的记录。

如果一个最初的、独特的、生动的馈赠将它的印章、名戳印拓在艺术家看到和喜爱的东西上，要是等什么都弄清楚了，也就无所作为了。

有些人读书读到厌倦，但是，书里不是什么都有；还应该注意消化，不要被深奥的东西压制得消化不良。

如果我喜欢华托的《冷漠的心》，以及出于其他原因喜欢阿维尼翁的《哀悼基督》，或者还有柯罗画的那个位于法兰西岛上某条浅赭石色公路旁结实的小桥，那只是为了得到一点点儿享受，并不是为了针对这些作品做这样那样的评论。

"我们所从事的艺术是无声的艺术"，老普桑说。一个奇特的善言者。我们应该丢掉无理的狂言，用这种绘画语言——形式、色彩、和谐——将彼此连结在一起。

形式、色调——这就是你所擅长的。应该游刃有余。

一个爱自己艺术的画家应该小心避免同评论界及文学界来往太多。因为这些先生们，也许并不是出于他们的初衷，把一切都扭曲了，以为什么都可以解释：艺术家的思想、意愿、感受，并且像德里拉修理三松①一样修理艺术。他们没有区分细微差别的天赋，但是对所有超越他们或者让他们迷失方向的东西有本能的恐惧。

一个德加，一个塞尚，在他们的谈话里，会显得非常绝对，在那些津津有味地对一切进行恶意评论的人身边，他们默不做声。

他们并不总是竭力要通过艺术家的生活来解释、评论、阐述某种艺术，因为有时，这两者是合二为一的，但并不总是这样。尤其是史诗艺术或者传奇艺术逃避了不理智的"解剖"练习，他们相信，没有什么留在暗处。

他们谈论着现实，所有这些唯物主义者，难道有时候不解剖尸体，研究模特吗？他们怎么能动辄就丧失艺术感和生命感呢？

要是伶牙利齿的法律说教者、律师和预言者蜂拥而至来监视你，你最好呆在地牢或是破烂小屋里，而不要呆在被不朽杰作包围着的最漂亮

---

① ［译注］德里拉（Delila）与三松（Samson）均为圣经中的人物。希伯莱英雄三松被培勒舍特人使用美人计后，泄露了自己战无不胜的秘密所在，随之被培勒舍特人破解魔法并置于死地。

的工作室里。

其实，我既不相信理论，也不相信一些还飘移在外太空、夸大且虚无的想法，它们最终既没有生命，也没有相应的形式。我尤其害怕这种思想和行为的自由放任，它会导致潮湿、粘稠、轻松的唯心主义，从而使得锐气全无，所有的画都不坚定，干扰一切、胡乱解释一切。出于害怕这种软化，我更主张玩世不恭、最滑稽或最暴力的现实主义。

对于我来说，想象力越丰富，空想越多，越需要现实一点，需要培养敏锐的观察力，来储存我们每天看到的形式及和谐，我们还要不断修炼来更好地认识它们、掌控它们。

我们会丰富自己，然后脱胎换骨，如果能得到这样的恩惠的话。

我们的角色不是评估理论和教义的重要性。一个画家就得作画。恕我直言，为了作品，他必须有稳定、庄严而古典的视野。

不过，经过努力绘画，他也可以自言自语、吹毛求疵。

多于一千零一夜
却并不心存感谢

他还可以冲着最疯狂的问题而去，这些问题是他面对最荒谬的解决办法提出来的。他可以跟我们谈谈"经验之果"，以及他认为已经取得的进步。我们很清楚，他如果是真正的画家，就会提防自己，不要总是被文字左右，手里拿着画笔，甚至不会顾及讲给我们的即兴之辞、理论或法则，这些常常是他通过游戏，或者是他需要证明自己有点道理的时候构建起来的。人是如此多疑，但还是应该不放弃，要对自己有点信心，哪怕因为吃过亏才懂得：甜言蜜语是醉人的酒、甘醇的蜜，直到醒来的时候才意识到隐藏在其中的危险。

别随心所欲地玩综合性、普遍性、古典主义。往往，当我们想竭力认清的时候，是多么徒劳无益啊！我以前能说什么呢？我那时有那么急迫需要解释吗？如果柯罗确实这样说："我画的画，就像自己跑出来的一样"，那么他所说的很有智慧，安格尔也说过："画是诚实的。"

作画的时候，要"忘记一切"：父亲、母亲、兄弟、姐妹、朋友或者敌人，以前或者现在的作品，尽情享受，噢，我的国王。

> 爱你的王国吧，噢，我的国王。
> 宫殿抑或陋舍
> 地域抑或天国
> 爱它吧，这是你的爱
> 它改变了一切的面貌
> 图景世界的痴狂国王。

我们要战胜的是画笔。

还有，我们有时候很难为自己的言行或者为自己的一些观念说明原因。在众人期盼的作品上，会留下这种稀奇而神秘的潜意识刻下的印记和记号，这是前人无法预料的，它的作者，已经达到目的，他有没有能力向我们解释，是怎样做成的？

有成见的人、爱说教的人，什么都想到了，除了正在发生的事实：一个画家正在诞生，而他们所有的美好蓝图都落地了。

没人能轻而易举就成为思想家或者预言家，哲学家或者诗人。能这样理直气壮地说："我就是规则，除非我自己将它打破。"——他有权这样说吗？梵·艾克①的有些作品上写着"我已尽力"——多么谦恭。要强大，不是靠声嘶力竭地大吹大擂。清楚地认识自己，懂得支配自己的精力比获得无穷的知识更难。

在荣耀之光下，一颗心在跳动，无所谓旧，也无所谓新。感知的方式、理解的方式、爱的方式；看同样的地方、同样的风景的方式，与你

---

① ［译注］Van Eyck（1385－1441），早期尼德兰画派最伟大的画家之一，15 世纪北欧后哥特式绘画的创始人。

父亲看到的，与你母亲了解的是一样的。其余的都是幻想。

我如果是一个深爱自己土地的好农民，伏尔泰的思想对我又有什么用呢？

"知识"，在艺术方面，毫无意义。格林勒华特①用抽搐的双手，扭曲、收缩的双脚折叠起他的十字架，而要重做这可怕的耶稣受难像，用一个词重现这个悲剧，还要有一颗同他一样虔诚的心！

我听说，关于这一点，莫罗对惊愕的初学者说："您画的不是耶稣，而是在伽拿的婚礼②上喝得脸色苍白的市井混混。"

他们吵吵嚷嚷，当然，他们认为是自己让地球转起来的，抑或是他们可以预见一个复兴，一个艺术的黄金时代，那么多溜须拍马的人，吹嘘那些虚假的使命，好像很慷慨，其实他们并不会为之付出什么，只是狡猾的政客罢了。相反，做一个挑选、一个选择，多开心啊！可是这样会立刻遭到偏好、偏见的非难；人们更喜欢混乱，喜欢错误的秩序！是时间在做选择，那么多的垃圾！

在艺术上，演变胜过进步。

看过了法兰西喜剧院柱廊下面的缪塞雕塑——他的样子像是刚刚哭过他的缪斯，更远处，旋转木马广场，甘必大③做着一个戏剧性的动作，现在您可以进入老卢浮宫的雕塑大厅，欣赏亚述人和埃及人，白天甚至这样的晚上都可以，不要带太多偏见，仔细观察研究。

听得人耳朵都起茧子的进步，至少在艺术方面，到底在哪儿呢？有一种技术的完美：新的方法，更丰富、更复杂，艺术无止境——以后呢？

---

① ［译注］Mathias Grunewald（1470—1528），德国画家，晚期哥特艺术的大师。

② ［译注］圣经故事。耶稣与他的门徒一同参加在伽拿举办的婚礼。他用神力将婚礼从灾难中挽救出来。

③ ［译注］Gambetta（1838—1882），法兰西第二帝国末期和第三共和国初期著名的政治家，资产阶级共和党人。

伦勃朗的情感给我们指明了道路。

在这方面，你们所说的衰退根本不存在。在通俗、普通艺术的两个阶段之间，突然绽放出更纯粹、更骄傲的花。

人们把有些艺术家当作疯子、独特的人，然而他们并不负责以自己的意愿重塑世界，不考虑人类的物质。他们迷失了自我或者自我解脱了。他们可能为同时代人与人之间的游戏迷茫，为这个社会或这个世界迷茫，为他们的家庭迷茫，然而也是一种解脱。悲剧是受限制的，在某些时候将他们羞辱，然后挂在桅杆顶上，而他们，所有的精力都放在艺术上，竭尽全力，悄无声息。在他们的航程里，无法带走所有的人。他们忍受着死亡和激情，他们与大多数同时代的人想的不一样，总之，他们是"刺眼的"，很有可能，但是他们自顾自，他们选择了最好的部分，或者是最难的部分，他们在"现在"和"未来"都找不到信奉者。他们尽了义务，让他们安静地睡吧。

如果安格尔说："绘画是诚实的"，如果塞尚反过来回应："我找不到轮廓"，这里并没有什么尖锐的冲突，也没有什么全面的混乱，根本没有边境、条约的修订，但是对于一些艺术家，是他们表达方式的修正，作品的提高。

这也是现在才有的一个毛病，藐视那些被称为"小画匠"的人，只愿意看大师。人们故作高傲，拿出空泛的理论，变得冷酷无情，就像小提琴上的弦一样紧绷，尤其是当他自己在从事一种艺术。

想觊觎史诗艺术，可技术手段并不能满足我们的要求，恐怕会将猎物当成了影子。能不能问问华托，米开朗基罗增加了什么？伟大就在艺术家的头脑、眼睛、心脏、双手中，而不是在作品的尺寸大小上。天赋同做了多少大东西毫无关系，而同做善事有一点关系。想要满怀幸福地完成史诗作品或英雄传奇作品，应该不仅有高远的心智，而且要有恰当的表达方式，一种完全契合观念的风格。

夏尔丹、柯罗，还有塞尚，他们的住所很神秘。温柔的征服者，他们的秘密讳莫如深，他们的措施完美，他们的心与大自然融为一体，没有冲突。如果您叫夏尔丹，那您就是平凡且内心宁静的国王，作为国王，那个王国是不会欺骗您的。没人与您争夺它，您也永远不会放弃它，您会比那么多戴冠国王，甚至皇帝，留下更美好的回忆，因为人们可以理解您的作品，或许可以同您的作品融为一体，直到生命的最后。对于这样的艺术家来说，主导世界的不是暴力，而是爱。关于这个话题，要说的还很多，要是能尽述的话，有很多例子可以列举。

一个温柔的词语，真挚、感人，讲给又老又瞎的米开朗基罗、聋了的贝多芬、衰老的伦勃朗，永远都比这世上短暂的权利、虚伪的荣誉更有价值。

当我们在读这些不幸、又令人费解的大师的不凡经历时，总感觉像在做梦。要是在他们还活着的时候就认识他们，我们一定会大肆夸耀，找到那个词了，或做些自认为恰当的能让他们忘记不幸的事情，只是一瞬间，那么多的意外或灾祸；可是，我们突然会感到自己很傻，贫穷、无力，我们知道，只要将瞎了的米开朗基罗那双瘦骨嶙峋、灵活无比的双手移植到他的一个作品中，或者哪怕只有一会儿，让贝多芬目光炯炯，听到他喜欢的交响曲之一，来忘掉眼前所有的悲惨。

那些人是幸福的，他们最好的努力有了成果，这种努力没有被打断，而是一直达到了辉煌的顶点。

故去的人是幸福的，对于他们来说，战斗不是雅格与天使的黑夜之战，而是，他们在清晨重归与前夜同样的宁静，然后继续奋斗。

幸福啊，真是太幸福了，那些没有由于莫名其妙、甚至可悲的原因，被迫与艺术工作分离的人。

要付出什么才能画出这样或那样的杰作呢！自嘲容易，微笑地面对这样的渴望也容易，可是这样的朝圣者并不能总是听从一个奇怪或野心勃勃的念头。他有时会掂量画作的不足，不知道会为此付出什么代价。或许他想让自己走向另一端。艺术对于一些人来说，永远是神圣的使命，不是一种可能会牟利的职业，或是可以成为大角色的途径。

我们首先要做的是艺术家，——如果你想成为艺术家，你就能成为艺术家。做一个好的艺术家总比做蹩脚的艺术家要好吧。这就是现代人面临的问题之一。人们好像有时会鼓励那些有可能成为完美艺术家的人，不惜任何代价，或是所谓这般地创作一幅作品，不管怎样，事实上，他们自己会更努力。

有一个生动的、令人羡慕的绘画传统，并不狭隘，也不像标本花卉那样干枯。它是散发着持久香味的香水。

传统不是学院。我很愿意承认传统有时可能就是学院，但说到底，它们根本是不同的！生活的游戏，暗中的力量都不允许。

过多的惯例、习俗违背了有创造性的生命！世俗力量真是强大啊，但是，最有价值的惯例，决不只是墨守成规！

有些人借口品位好，扼杀生命。

越往内心看，我认为，越应该依赖大自然。

艺术作品比我们想象的更有意识。然而，意志的怪兽永远都不会来到艺术领域，即使它声称会来。

耐心的艺术家应该留出时间慢慢地沉思，但他会被悠闲的工作狂指责。他有时会同意这第一真理："远离那些高手的速度纪录，艺术需要、要求有一些放松。"

此外，在这短暂的一生，要是真的什么都得听，什么都得掂量，大脑中回荡的，可能是最对立的观点，人可能会失去理智；这就是为什么，内心的逃避和休闲就像幸福的劳动时刻一样，也是很必要的。

赞美的话，同讽刺或轻蔑的话一样好，是令人陶醉的美酒，要是能记住一点点，我们就能超越目标。

绘画是觉醒时精神的一种喷射。色彩更容易吓倒所谓的智者，因为它颠覆了轻松的形式，弄乱了青涩的画。

形式、色彩、和谐，那些对自己的所作所为太过自信的人认定的绝对界限，被多少次打破啊！也许并不排斥打破几个界限，即使明白已经走错了路，却不放弃，倒回去，或借某条密道走。

区别强势作品和诚实的作品，表面看，有时会觉得易如反掌，但实际上是个"陷阱"，要用像碰触琴键或将小提琴弓放在琴弦上那样轻盈灵巧的方法，围绕主题的方法来区别。

原则上，艺术家应该消失在其作品之后。噢，艺术家，您的作品应该独立打拼。你是创造的最佳执行者，智者、洞察入微的尤利西斯，潘尼洛普①关注着你的影子，并且护卫着它，排除那些烦人的追求者的干扰，不要紧！作品是独立的。朝圣者，在路上，痛苦的穿越中，你所忍受的痛苦，现在，甚至将来都不会有人在意。

丑陋不总是像那么多恒定、执著的传道者所想象的那样，而是十万个成功的平庸作品的复制。

他们听到的不是荣耀，而是一致，那可能也要等到艺术家、两三种思想死去几世纪后，不过信徒们会重复着这响亮的名字。

　　俄瑞狄斯！俄瑞狄斯！

俄耳甫斯看到那具他深爱的形体转瞬即失，哀怨地喊着。

那么多可怜的艺术家，现在，将来，他们向着隐约看见的，或者他们以为隐约看见的胜景发出同样的叹息！

———————————

① ［译注］Penelope，神话中英雄尤里西斯的妻子，她为了等候丈夫的凯旋归来，坚守贞节二十年。

上帝怜我！

梦很危险，困倦有时会致死，可是爱的努力，持久的努力，我从来没有觉得我的表达是这样苍白无力，好像活动家们，认为袖手旁观或者暂时闭上双眼就可以看到某个传奇作品被交响乐队演奏，时间就是这样浪费的。

您要爱那些不被看到的东西，无法秤量的东西。那么您将会在一片古老的海外天空下，以一个学者的姿态，仍然可以气定神闲地看到蓝色的鸟在飞翔。

思考与回忆

别碰我^①（塞尚）

这篇文章，于 1910 年发表在《法兰西信使报》上，我非常高兴在文章^②里向塞尚致敬，但是，它有时却被曲解：有些评论家只是草草读过一遍，就凭空想象，说我认识塞尚，只是写出他跟我说的话而已。根本不是这样。我们从来没见过面。

被链子拴住的雄狮向着沙漠吼叫，被俘的雄鹰眼中保留着天空的光芒，它曾在那里孤独、自由地翱翔；这样的人，在被放逐的土地上憧憬着永恒。

①　有人可能会以一个好像很合理的原因，批评我选择的这句话，它出自于《圣经》。我内心深处，其实充满了无尽的敬意，我想已经在前面的文字里，充分表述了纯粹的探求者们令人心痛的人性的悲哀，以及我们可怜的实现手段的不完美，所以请不要有一丝这样的想法，以为我会将塞尚神化。[译注] 原文为拉丁语 Noli me tangere，是耶稣复活时向抹大拉的玛利亚显现时说的话。许多表现耶稣显现的美术作品都以这句话为标题。

②　《造物主和神圣的事物》，1956，参见卷尾参考书目。（N. d. l'E）

越具有人性，就越会具有这样的天性：绝望与希望、反叛与接受、痛苦与喜悦、忧郁与泰然、虔诚的狂热与爱。这是独一无二的、响亮的呐喊，呜咽或者开怀大笑都可以在他身上消耗或者缩减几百年的忧郁或喜悦。今天我想写艺术家的哀叹或连祷，他们在一大堆令人失望的理论和潜在的混乱中隐约看到了希望之乡，在那儿，他得以简单地充满爱地工作。

"别靠近我，别碰我①：我身上有全部的美，只是世人不知道或不了解。"

"别靠近我，别跟我说话：言语和动作都徒劳无益；我宁静、衰老、无力，我所有的努力都伸向真理和美丽；为了这些，我基本上被迫远离他人生活，我需要沉思，需要忍受，以便完成我在世间应该做的。"

"别靠近我：我是那个吓跑别人的麻风病人，那个人人避之不及的麻风病人；远离他们，我得到了朝着纯粹灵魂全心努力的喜悦。这很难。我的艺术是一种途径，而不是重点；我再一次像雄狮扑向它的猎物一样扑向了艺术，我从来没有感受到完全的幸福；我应该这样生活了几百年了吧。几位罕有的艺术家认为我的作品很美很深刻；我并不认识他们，我同故去的人生活过，同故去的伟人一起，他们在作品中隐约透露出微弱的永恒之焰。我同他们、同大自然融为一体；那是我真正的喜悦；可是充盈在我内心的理想是那么高远，以至于我眼前景象的最好复制品，我拚尽全力完成的蹩脚作品，都只是一个短暂的投射：好像一张美丽的面庞，在一阵清风卷起的清澈波浪中隐约可见，又瞬间消失。"

"别靠近我：我快死了。完成了……的人，走了的人，能为活着的人做些什么呢？要不，做我曾经努力要实现的：留下自身最好的?"

"别靠近我：我没法再教给你什么了；我的生命被藏起来了，但是它闪光、纯洁、谦逊、严肃、深沉；我的艺术是最纯粹、最谨慎的表

---

① "他含糊不清地说：'没有人会碰我，绝对没有。'我白白告诉他我的行为是真诚的、充满敬意的，我想不让他跌倒。他骂骂咧咧，上到画室，粗暴地摔门，震颤一直传到房子的地基……"（埃米尔·贝尔纳，《关于保罗·塞尚的回忆》，《法兰西信使报》，1907 年 10 月 16 日）。

达。在我不完美的作品中，去寻找你向一个虚弱、痛苦的老人徒劳索要的东西吧。"

"别靠近我：如果你想要，如果你能行，干好你份内的活儿，远离他人，抑或就在人群中，不过不要太相信他们的教诲，他们的认可，因为，如果你连续活过两、三次，你会看到他们都是在不知疲倦地焚烧他们曾经热爱的，热爱他们烧掉的。不过还是对他们充满怜悯之心吧，因为你也很虚弱，也许真诚地喜欢过我之后，明天你又会背弃我！谁能不带傲气，绝对地说不会，而且一直坚持自己呢？"

"别相信，说我们高尚而高贵的艺术，是在学校、学院里学到的：直到你能够带着爱去观察形式和色彩，你才在那儿学成了。不要相信那些权威，他们传授错误，并且实践这些错误，我们宁可相信这些错误，也不要相信那些权威；这些错误往往只是一个被扭曲的古老真理，如果我们除去掩盖、隐藏真理的渣滓，这个真理就会光芒四射。"

"宁可相信我最糟糕、最不完美的作品，也不要相信那些在我死后，以我的名义说的话，或者对我可怜的尸首争论不休。战斗之后，在静谧的黑夜，总会有豺和鬣狗在磨牙。"

"如果说有人策划了我的成功，我不相信；如果他们以我的名义创办一所学校，告诉他们，他们根本没有明白过，从来没有爱过我所做的事情。"

"应该专注地生活，为了内心的信仰，对暗藏在我们身体里的神秘的美的信仰，尤其不要给失败者①编花环，以他的努力作掩护，目的是从不可转移的财产中获益。"

"别靠近我，别碰我；我想远离尘嚣、远离生命的谎言，在平静中

---

① 与过去那些成功的寄生虫们相比，塞尚是个失败者。可是这些人带来了什么作品？带来了哪些又新又好的观点呢？……这样的人一天比一天多，他们看来是通过成名、头衔、奖赏，从不懈的劳动，从那些为理想而活着，并在孤独和贫困中实现理想的人们的纯净努力中获益。而对于后者，我们可以说，他们还有很多可以奉献，那些寄生虫窃取了他们的劳动所得；可是任何人类的力量（这就是一种美好的补偿）都不能阻止一种思想的诞生和绽放，不能阻止一件好的作品被人们喜爱、理解，拥有这个思想或这个作品的人，也会有某个时刻，全世界的人都反对他。

死去。我的艺术，如此谦逊、如此卑微，他没有让我不懈的努力白费；我得以远离骗人的理论，在某些时刻找到了迷失的天堂的一个角落。别碰我……"

安格尔再生

安格尔说"绘画是艺术的诚实",他说的是那种可以彰显他卓越才华的绘画。

就在皮柯特和布格柔重复过"绘画是艺术的诚实"后,安格尔变得焦虑起来。在美术学院,看着那些被称为"校园才俊"的人做出来的东西,他绝不承认他们是"才俊"。他知道,一个练达的老看守者,将会站在为他树立的纪念碑前半信半疑地说:"他曾经是最棒的……曾经!"因为在生活中,如同在学院里,需要更优秀的人,但是他也知道那些像他这样的奇才至少在一百年之内,都不会被人了解。

安格尔,优越富足、十分高傲、与众不同,有点书呆子气,他不在乎别人的评论,因为凭借作品,他就会在历史上占有一席之地。

看,他复活了,异教徒之首。

产生于激进个人主义理论的"潜在无政府主义",出于秩序的需要,反而带来了不少或好或坏的精神。

在艺术上,他们认为已经找到了可以指引他们的大师。

可是,安格尔并不高兴,他不想成为这帮乌合之众的统帅。

魅力无穷的大师,他的画泰然、纯净,他对形状有着出色的淋漓尽致的感受力,这种感受非常准确,高度提炼,他坚持一种有保留、甚至低沉的表现态度。他让我想到,在另外一种观念秩序下,世界上有些人,他们的谈话彬彬有礼,可是见鬼,却毫无意义,这种谈话使对方的内心冲动完全陷于瘫痪,并将其据之千里之外。

安格尔,令我们敬畏,让我来试着分析一下其中的原因。

看看这张严肃的脸,面对放弃、面对浪漫激情,他难道没有声明信仰吗?这位年老的大师坚持这种态度;在所有肖像画里,他都带着十字架,保持着一种有点戏剧性的僵硬,他对自己的卓越非常骄傲,这种卓越自然不是来源于政治的高压竞争，不像今天那些不伦不类的众多所谓艺术家。

他好像很享受自己的良好感觉和正直，但同时，像"他的小提琴弦"一样紧紧绷着。

如果我们心存侥幸地渴望这位强势的艺术家会有一种极具魅力的和善，这种要求对这位奇特的人物是根本不合适的。尽管他被衣服裹得很不自在，但仍然显得很高兴。人们觉着眼前是一个严肃、威严的官员，而不是一个外表敏感细腻的人。

他很敏感，而且非常有所保留；他将自己保护起来，不给路人看，他就是他完美作品中的那个人。

这是不是我自己的凭空想象呢？我想，他紧闭的、几乎是缝合的双唇，掩饰着这位艺术家的腼腆，这种腼腆让我着迷，不过，正如安德烈·苏亚雷斯[①]所言："他对自己的成就深信不疑。"

不管资料上是怎么记载的，也不管评论家们有怎样的胡言乱语，那些评论家以为靠编录人们根本不了解的大人物们的生活轶事，就能构建一个世界，我觉得，首先，安格尔的艺术是一种高傲的反抗，一个严肃的精神对抗缺乏自由精神的小市民的激进共和主义，而这种自由精神在艺术家那里并不缺乏。

安格尔不认可这种自由，它只是用来炫耀、赞颂无知和平庸的。不过安格尔并没有丢掉任何一个机会，在"规则"和"规范"的过去找到自由；为了一个具体的目标，借助大自然的完整视野，他常常将它们完美地吸纳融会。他不在乎是否烦扰我们，是否烦扰他自己（尽管我猜测他从中得到了无尽的享受），但是他想用独特而强硬的意志力控制心跳，克制感觉；他让人们喜欢他这个修辞学家，可那时，人们认为安格尔这个修辞学家对那个时代非常冷漠，当时人们对他充满质疑，而他坚信自己是一位伟大的法国大师。

诚然，他没有用巨大的天赋和惊人的精湛技艺吸引最大数量的民

---

① *La Grande Revue*，1911 年 6 月 25 日。

众，但他却深受有识之士的绝对认可，在人们的敌意和冷漠中，彻底改变了他们的观念。

他的画，有时是面对大自然，突然觉醒的灵感的一种完美喷射，完全不同于学院派的画，但这往往是最精确的分析，以及对形式的一种略带预想的观察，在这种形式里，大自然好像被禁锢在束缚囚犯的紧身衣里，而这正是这位统治者给予它的。

谈到他的正直，人们总是贬低他；他不在乎别人怎么说，尤其不愿带着过于沉重的真正官方的荣誉。他在逃避，不愿落入俗套，80多岁的时候，在形式的华丽光彩中①，他发现了优美的韵律、和谐的节奏、精致而高贵的比例。

他是唯一一个如此在意布局和格调的人，他直奔目标而去，这位意志坚强而紧张的法国人让人想起一个波斯人，他有点灰色、有点冷漠、有时让人难过，有时给人光明，他极度敏感，技巧细致而精准。

渐渐地，他追寻一种形式，对他来说，这种形式是可爱的秘密，是或考究复杂、或单纯质朴的色调，这位古怪天才的强大意志，非常清楚如何充满爱意地记下这种形式，并精妙地实现它。

在眩目疯狂的色彩面前，我们能更好地理解这种温柔正直的风格。

有时候，安格尔信赖一些他欣赏的意大利人，尽管他很真诚又很会行事，但是他仍然显得太冷漠。

要使形式和色彩平庸化，原本需要一个世纪，色彩在沙龙的全景画和电影中一年年越来越绚烂，官方艺术的某些权威人士会相信这样一个人物的复活，可能会为学院艺术的程式带来一些东西。但事与愿违，教学还是铁板一块，很清楚，人们本想让他成为"法国绘画的大将军"，但是，如果有人一边颂扬他一边试图复活一门墨守成规的艺术，他会是一个危险而又让人倍感压力的邻居。安格尔会复活，而学院死了。

---

① 《土耳其浴室》。

论绘画职业

○ 对一项调查的答复

许多艺术家都奢想自己的作品能够永存。这种想法并不过分，甚至是善意的。但问题是，我们崇尚的大师们都"没有时间"使用昔日艺人们极具耐心的技法。再说，有些油画若能消失也不失为快事！要是人人都能用上好的画布、上好的颜料，每位画家都通晓神圣的绘画艺术行当的秘诀就好了……！对于那些能够欣赏绘画的眼睛，尤其对于后人的精神世界来说，那些真正杰出的作品的消失才是悲哀和不幸的！

那种有点过于人造的、说不清是用什么材料轻易就配成的鲜艳色彩注定要褪色。因为构成某些作品近乎**专横**的魅力的，恰恰是些不能持久的东西！

如果操作不当或不到位，无论是油彩还是胶，还有其他材料，都不可能永远存留下去。浪漫派发亮的褐色颜料已经过时，就要被淘汰了，再也不会给任何人带来不快。然而，许多其他发亮的现代颜色也注定是同样命运，只是没有人注意这一点。

要么过油、要么过稠的劣质上光油很具危害作用，而要从油画上去掉这过时的上光油，是要冒很大风险的……！但必须承认，那种清淡而柔和的上光油还是要比玻璃好得多。

人们一直在寻求各种有效的保护方法，以防止绘画风化，防止灰尘以及各种热度对油画所能造成的破坏。最理想的做法就是不用上光油，油画必须画得像壁画一样结实，没有光泽，颜色深暗而强烈，必要的话，着色还应当足够丰富。

最后我要强调的是，几个技艺娴熟的弗拉芒或荷兰人值得尊敬的手艺不可能满足所有要求，也不可能解决所有问题。

　　显而易见，论手艺，没有一个人能够与他们抗衡。谈到这个话题时，德加对我说："我们画的个个都像猪。"要说我自己，对于此番说法，我没什么可反驳的。塞尚则一直雄心勃勃地想要使印象派，或者更准确的说，使他自己的作品像博物馆艺术那样成为永远能够存留的艺术。以我之拙见，这的确是我们应当追寻的道路，而不是为着这个目的去模仿塞尚的作品……！我不禁要这么想，这两位曾经酷爱自己事业的孤独者都没有被世人所小看，却居然连荣誉绶带的布头也没有得到过……。这的确令人难以置信！而在那个借口"热爱艺术"就可以自我标榜的时代……，众多不成功的画家和无名的末流虽然在绘画上没什么建树，但却可以从他们所获得的三级骑士荣誉勋位、大十字勋章或某某泰斗等名份中得到了补偿……。

黑帽，红袍

— 人类的伟大恰恰是对于通常被人们称之为伟大和卓越的东西的否定。然而，隐藏在人类内心深处的一种真实有时却使他们体验到真正的美和真正的伟大。

— 最尊贵的人往往被心灵低俗者所低估，卑微而平凡的真实却可能获得褒奖和张扬。被鄙视的艺术也可能突然间遇上救星。

— 形式和色彩的语言是必须认真学习才可获得的东西，它需要你付出一生的热情，外加真诚的奉献。你在它那里用尽一生的时光，竭尽谦恭与挚爱，也难以完满解读自然和人性。怎样才能让那些年轻的艺术懒汉们知晓这些呢？他们一经诞生，就急于让我们宣布他们有着卓越的才能，但未及两三个月，这所谓的才能却即将枯竭。

— 当艺术之于我还是一个遥不可及的希望之乡时（其实，它直至死亡始终就只是一个希望而已），我那时也还是个孩子，弗兰①就用一种白色或黑色，或用一种光线，或用一种对于罕见事物的内在直觉等方法启发我，这些做法使我在很好地完成夜校的素描作业之后，看到了希望。如果说我兴致很高，那是因为每当我听到一个句子、一个字眼儿，看到一个动作和陌路人的一个态度，我就会在自己身上感觉到一种强烈的回应。我没有办法将这种回应用语言表达出来，我不知道那是什么，但有种隐秘的本能使我感受到那生机勃勃的回应之源……。

— 对于画家而言，所谓思想，不就是拥有对于形式和色彩的敏锐而富于创造性的见解，不就是用绘画的欢娱来表达自我的能力吗？想要对艺术加以解释是愚蠢的事情。而如有些人那样自以为是不可或缺的评论

① ［译注］Forain（1852—1931），法国画家。

家，无论对古人还是今人都可以品头论足，因而想要寻求所谓什么指示，也是徒劳无益之举。安格尔、德加、雷诺阿、塞尚……，足矣！他们均以自己的方式尽可能完整地表达了各自想要说的东西。现在，您可以如预审诉讼一样审查他们，但在指责或颂扬他们的时候，要尽量为您"自己的案子"做好辩护。在艺术上，不一定非要有法官不可，此刻正在批评别人的人，他自己也会常常受到别人的评判。

— 黑帽和红袍构成了美丽的色点，该有的都有了，此时此刻，法官先生只剩下回去睡觉的份了。

— 艺术作品是一种特别能够打动人、但人们永远无法用语言表达的忏悔。

寥寥几根线条或依稀谈薄的色彩就能比很多费解的书本教会我们更多，但这并不等于说艺术作品没有好坏之别，没有自身的内在规律。

刻骨铭心的记忆

○居斯塔夫·莫罗

如果可能，我愿以画家的身份来说话。贫穷但快乐而宁静的绘画生活能够开启人的理解力。我在这里与居斯塔夫·莫罗说话，就若从前跟他谈话一样。为了让各位更好地了解我，我可能会说及我自己的时候比较多，请大家原谅。

我仿佛又看见了他：头上带着橄榄帽，身上穿着那件被他叫做"平民拉毛"的毛衫，还是那样步履匆匆。我仿佛又听见他在跟那些故作高傲或者胆小迟疑或者有点野性的学生们说话。我那时就是这后一种。他说："别跟我这么客气，给我点儿爱吧。"

对于我们中间大多数学生来说，他是一个非常有意思、有手段的鼓动者，面对一幅他完全不喜欢的作品，他能够做到暂时放弃自己的主张。我曾亲历这个场面：他将一幅初学者的草图与他自己花了三年才完成的作品《塞墨勒》做比较。面对这草图，他努力克制自己、发表了严格但很有保留的意见（在我看来这样做是没有道理的）。他常说："在艺术上，等级没什么意义，或者说意义不大。一个此刻无人问津的可怜家伙可能在绘画上给那些追随他的人带来巨大的收益，而其他那些自以为将永垂青史的人，明天可能就被人遗忘了。而我，我以自己的努力赢得了回报，但若我之所为没什么价值的话，我的作品也将如秋风中的落叶，无论别人怎么说，怎么做，都无济于事。"

他又说："如果我能教出一两个好画家，甚至一个，那也是令我欣慰的事。"他补充道："或许那个批评我最严厉的人，恰恰是最能让我理解的人。"

他努力启迪我们，让我们向前人学习，向大自然学习，以此培养我们的审美能力，既没有严格的戒规，也没有清教徒般的清规戒律。

上课时，他总是第一个到，最后一个离开。有时我们会在桑树院子或随便什么角落里碰见他正在端着那多少有些陈旧的画册挥笔画着什么。每当他要离开，总有学生拉着他的礼服下摆叫到："莫罗先生，帮我修改一下吧。"他的心灵比我们当中的很多人都更年轻。我想起，有一天，他走到模特跟前站下，悄悄对我们说："人体在这灰色底子衬托下真美呀，还能跟你们一起画画真让我高兴。人往往自以为什么都懂，但却发现自己什么都不懂。"

人们认为，与梅索尼埃①和博纳特比较起来，莫罗算是在有生之年看到了个人成功的画家，但无论是在美院还是在其他地方，他都暗中受到了无情的排挤，尤其是在他当教师的时候。在我看来，他身上容易招惹人之处，就是他反对自然主义，反对官方因循守旧的精神。这里有一段关于他的记录："您信上帝吗？—— 我唯一愿意相信的就是他，我既不相信触摸到的东西，也不相信看到的东西，只相信我所感觉的东西。我的大脑、我的理性似乎总是昙花一现，是值得怀疑的真实。在我看来，只有我的内心感受是永恒的，它的确定无庸置疑。"

他经常给我建议。他是那样的婉转而有分寸，对于生命，对于细节，他所赋予的尊重总是那样的优雅。他说："我希望您将来有所成就，不要承受任何令人沮丧的影响。在我那个时代，荣誉军团十字勋章是对一个人一生持久而坚韧努力的奖赏。到了 60 岁，人人都乐得拥有这种受人尊重的、难得的荣誉。一个艺术家若在 30 岁时就拥有了自己的小公馆，并且已经有一小群人整天围在身边对他竭尽阿谀，从艺术的角度讲，这个人已经完蛋了。"

如果莫罗继续安安稳稳地画些他的《俄狄浦斯和斯芬克斯》或其他成功作品的复制品或修改稿的话，他本来可以名声大噪的。

---

① ［译注］Meissonier（1815—1891），法国风俗画家。

他跟我打保票说，他要是早点把自己大部分积蓄拿出来的话，可能就进了某某画家的画室了。在我们这个行当，除了骗局和精湛的技法，别无其他。当然，令人惊叹的、由工人口头流传下来的一整套规范也是非常值得了解的，虽然我们的表达方式中并不直接使用这些规范，也不用这些规范来处理我们的主题。

他对什么都怀有兴趣，对那些最卑微的人充满了热切的同情。他经常提醒人说："留神眼睛，应该把灯放在你后边；千万别在狗与狼之间干活，等等。"

一天，他对我说："这里还是有些人强烈地热爱着自己艺术的，他们虽然连生存的基本条件都不具备，却能勇敢地只身穿越荒漠。我尤其为您这样的人担心，因为你们只会表达自己的观点。我看您是越来越与世隔绝，越来越孤独了。您爱上的艺术是沉重而忧郁的。我希望收藏家和画商足够聪明，不要向您索要其他东西。"

"不要热衷于昙花一现的时髦所带来的成功，不要为这种成功所迷惑。"他的有些话甚至多少有些过头："如果您觉得必要，就撵我走，第一个撵我。"而这也恰恰是大家依恋他的原因之一。他不太相信回报，但他却尽可能鼓励并支持我们去努力奋斗。他知道我们多数人都没什么钱，但却希望我们崭露头角的天赋以后能够得到承认。

每当有竞赛，他总是勇敢地保卫我们。但有时候，他也会懈怠，悄悄对我说："走吧！呆在这苦役船上干什么，回家画画去，为您自己干活去。"

他拒绝将他的肖像放在博尔盖兹画廊，原因是不想与他所敬仰的大师们平起平坐。但他却教导我们不要在这些大师面前带上护眼罩，不要因此就费劲尽心机一定想要成为他们的继承人。

恰在塞尚提到要照原样重画普桑肖像的时候，一个星期天早上，在洛兰①和普桑作品的展厅，莫罗指着洛兰的《克莱奥帕特拉下船》让我

———————

① ［译注］Claude Lorrain（1600—1682），法国古典主义风景画家。

看它的构图技巧以及气氛的微妙变化。我颇感不好意思，因为我不得不承认自己难以分享他那完美的激情。我心中充满了敬意，但没有做声。我觉得每一幅日落的画面都非常令人震撼，但也多少有些雷同。也许我更能理解柯罗在意大利所画的几幅落日，还有，如果比较华托和布歇，我更喜欢前者，虽然他的画幅大小仅如手掌。

我们在那间冷寂的大厅里信步，莫罗对我说："荣耀，也许就是某种超越时空的精灵与您的沟通。"而其他人则认为出了名就是荣耀。

提到普桑的有些作品，居斯塔夫·莫罗说："我们灵感的源泉完全有可能不是最纯粹的，较之某些卓越的作品，即使是没落的美术学校，也依然可能带给我们丰富的教益。普桑借以支撑自己的正是波伦亚①派画家即卡拉奇氏②画家们的作品。但他懂得超越，虽然他在罗马生活过并最终在那里离世，但他始终记得自己出生于莱桑德利③。"

是居斯塔夫·莫罗让我们喜欢上了提香的漂亮画作和乔尔乔涅达到极至的《乡间音乐会》，他本人也十分偏爱这幅作品。但他对一些朴素的早期壁画的特点也颇有感觉，虽然他在这方面的研究将他带向了别处。在那值得纪念的时代，他加入到了独立画家的行列。要是我那时请他注意另外一幅颇有意思的画作的话，他也许会成为巴黎另一边的人。

他经常跟我谈起他在意大利的两次旅行，而且每次都怀着同样压抑的情感。他还谈到过那时他与德洛内④及德加的关系。

莫罗让我想到了 17、18 世纪的法国人，他们永远满怀着好奇心，笃信理性女神，但却并不那么虚妄，对于人类古老的财富也充满关切。莫罗不仅是个信徒，甚至还迷信，因为在自然近旁或者与自然有接触的

---

① ［译注］意大利城市，波伦亚画派创始地。该画派亦称欧洲学院派或卡拉奇画派，代表人物为罗多维克·卡拉奇。主张用调和折中的方法学习文艺复兴盛期的遗产。主要作品为宗教题材的湿壁画和油画。

② ［译注］指波伦亚画派画家罗多维克·卡拉奇及其堂兄弟奥古斯丁诺·卡拉奇、阿尼巴·卡拉奇。

③ ［译注］法国厄尔省县城，有坚固的城堡遗址。

④ ［译注］Delaunay（1885－1941），法国抽象派画家。

人都发展或绽放了他们的某些优势，而在首都大城市里，这些优势却得不到发展或者干脆枯萎凋零了。

莫罗不太欣赏阿纳托尔·法朗士①的怀疑主义，后者在当时可是非常时髦的。他总是根据我们每个人各自的天赋鼓励我们向着那干练有力的艺术努力。他经常跟我谈起波尔罗亚尔女隐修院②那些孤独的人，尼克尔③，拉辛和帕斯卡。

莫罗身上永远闪耀着一种淡淡的智慧光芒。德加说"居斯塔夫·莫罗无所不晓"，这种嘲讽是不对的。与睿智比较起来，书本知识并不更容易使莫罗上当。就是在病床上，他还对友人亨利·卢普说："不要枫丹白露式告别。"他把自己的东西收拾停当后，步履艰难地上到他的画室，一直工作到生命的最后一刻，拒绝一切可能减缓痛苦的东西，麻醉剂或毒品。他申辩说："我极其尊重我的大脑，所以不能允许它处于半无意识状态。"因此，他只剩得自己的影子，因为他不再能够吸收任何东西。莫罗留下的是一颗健康的大脑和魅力，为了那充满生命力的、冲动的、温柔的、感人的、激情而热烈的一切。

昂布鲁瓦兹·沃拉尔在回答问话时称："我们认为居斯塔夫·莫罗是位好老师。"塞尚却摔了手中的杯子吼叫说压根儿就没有什么"好老师"。他还说他们个个都是无赖，很有可能相互串通。而莫罗之所以有杰出的品质，恰恰是因为他不是一般意义上的老师，我还说过，他是懂得激励人的推动者。

因此，我亲爱的老师，我以超越任何理由的理由证明您是正确的。您属于那种完全不顾及利益、精神自由高于一切、因而只会有愉悦和精神需求的人，也只有这样的人才会了解您、爱戴您。

---

① ［译注］Anatole France（1844—1924），法国作家。

② ［译注］法国17世纪詹森主义活动中心，1710年国王路易十四下令拆除。

③ ［译注］Pierre Nicole（1625—1695），法国作家，在波尔罗亚尔隐修院任教。

○莱昂·布卢瓦

我很早就认识莱昂·布卢瓦了，那时他还在拉尼。就是在那里，他写下了《在马恩-科匈的四年监禁》。

回到那个时期，您会看到一个穿着木工模样的人，身上是价值两个路易左右①的灯心绒套装，脚上穿着一双大鞋，有时候粗大的手上还会拿一根朝圣者的手杖。

我仿佛又看到垂在他额头上的那缕白发和他瞬间就会从气势汹汹变得仁慈温和、反之亦然的眼睛。

当时，我刚刚读完他的两本重要著作，小说《可怜的女人》和《绝望者》。

布卢瓦当时正跟《途中》的作者②闹别扭，他们两有过长久的友谊。我得为布卢瓦说句公道话。那天，我跟他谈起于斯曼因患眼部带状疱疹，被缝合了眼睑并被关进挂有厚窗帘的黑房间。当我提到于斯曼先生不再坚持自己所说的话③时（据他自己亲口说，眼睛曾经为他带来过"很多享受"），我发现布卢瓦像突然变了个人，简直就是太阳打西边出来了。他紧紧抓住我，一遍又一遍地说："他跟您这么说了……，他真跟您这么说了……。"他非常兴奋，其他什么话也说不出来了。

我认识布卢瓦还是因为身边总有人提起他那些关于中世纪的文章，都说他写得非常好。

看到我很仰慕布卢瓦，我的一位朋友奥古斯特·马尔吉耶对我说："那您是想认识他了？他改天要到这儿来，您也来吧。"④

我可以证明布卢瓦是敦厚且和善的。对他了解越深就越能发现这一

---

① ［译注］法国旧币种，一个路易相当于 20 法郎。

② ［译注］即于斯曼。

③ 于斯曼说："有些人与我情况一样，但他们却没有得到我所拥有的关注，没有我运气好。"

④ 这件事发生在 1904 年 3 月。

点。他小时候就是个乖孩子，常给家人读马克·吐温的故事。

他有个嗜好，就是喜欢艺术家，喜欢古典画家，因而希望在现代画家身上也能找到一点他在古典画家那里感受到的东西。他欣赏被人们通俗地称为"完美"的东西。这并不意味着他对于艺术的绝对无知，而他对于早期画家的热忱，尤其是对宗教艺术的热忱使他对艺术十分专注。

J.-K. 于斯曼和维泽瓦①都能够对他们那个时代的艺术提出跨专业的批评，但布卢瓦不具有他们的才能。

他笑着说："我看到了马奈的《奥林匹亚》，那幅画真得很美。"

一天，他跟我一起去了还处于开拓时期的独立画家沙龙。沙龙看上去有些像塞纳河陡峭河岸上的临时屋棚。出了沙龙，他跺着脚半生气半严肃地跟我说："我要看看那些有靠山的画家。"

唉，他喜欢的都是非常庸俗的作品，那是他的时代赋予他的。

他的肖像《好人莱昂》遭到秋季沙龙的拒绝，这让他非常生气。

他说："那是一幅非常好的肖像。"

关于《律法师与童年耶稣》，他写过一些非常夸张的话赞扬我②，但当我沿用我的早期作品中的一些其他技法时，他不再有感觉，甚至对我加以指责。

他当然有可能出错。就连那些有品位的人不也一样会出错，甚至会彻底搞错吗？但布卢瓦出错也出得超脱，实在令人惊叹，因为他所走的是一条完全宗教的道路。

我仿佛看到处于绘画的无政府主义和某种官方艺术之间的他，正在

① ［译注］Téodor de Wyzewa (1863—1917)，法国作家、翻译家，法国象征主义运动代表人物之一，原籍葡萄牙。

② "这是居斯塔夫·莫罗博物馆第一次有人参观［……］。要不是看到鲁奥的《律法师与童年耶稣》在那儿临时摆放的话，我本来是可以省下这一天时间的。一个12岁的神和三个年龄加起来有180岁的伪君子。耶稣对他们说他自己就是真理，在他说话的时候，会让我仿佛看见从这些令人精神痛苦的人身上走出了可怕的怪物，这怪物占据着他们，并且，终有一天会将他们吞噬。我当时不知道鲁奥有着无限的天赋。我是现在才知道的。我已经高兴地跟他说到了这一点。"《莱昂·布卢瓦日记》，1905年5月。

面向某幅早期作品祷告。

莱昂·布卢瓦死于一次大战。他十分要好的朋友先后死了，他与他们的友情十分深厚，因而当死亡从他那里把他们夺走时，也给了他致命一击。

外表看上去粗糙的布卢瓦是个温和、内心充满激情、敢于对抗权势的人，您若了解他，还会发现他是一个对自己要求很苛刻的人。

在他的墓地，敬献的花环上写有"献给穷人的朋友莱昂·布卢瓦"字样，尤其令人动容。

当然，有时候，他也需要别人的帮助。对于他所没有揭露的东西，人们倒希望他确实是一个"可恶的说谎者"。忘了说，在更多的时候，总是他在默默地帮助别人。

我有幸在他那里见过皮埃尔·泰尔米耶①。那是他第一次冒险进入"浪漫主义老狮子的洞穴"。

那天，布卢瓦去斯科拉·康托罗姆②学校找他的女儿们。我、好人莱昂和那位杰出的地质学家坐在一家露天咖啡馆，地质学家没有任何戒心地跟我们直接聊起了如何帮助我们的朋友的话题。

后来，我在布卢瓦那里又见到过曾经是水手现在成了雕塑家的布鲁，还有让·里克蒂斯和麦特兰克③。麦特兰克想把《可怜的女人》搬上舞台。布卢瓦固执地反对他这样做，原因是他对戏剧有着一种由来已久的恐惧，虽然他深知将《可怜的女人》搬上舞台可能给他带来丰厚的物质利益。

同来的还有奥里克、雅克·马利丹、他的妻子和妻妹、勒内·马尔蒂诺、神甫莱昂·珀迪和里卡多·维奈斯，他与好人莱昂在那里东拉西扯，所谈内容还多少有些高雅。甚至泰尔米耶学院的同事也有人到场。

布卢瓦被称为不善交际的人，就是因为他从来不会墨守成规，不会

---

① ［译注］Pierre Termier（1859—1930），法国地质学家。
② ［译注］Schola Cantorum，巴黎私立音乐学校，建于 1894 年。
③ ［译注］Maeterlinck（1862—1949），比利时法语作家。

考虑说话场合，也不顾及成见或个人利益。

他激动地宣布："我既不是德雷福斯①派的，也不是反德雷福斯派的，我是反猪猡派的。"他就像个既聋又瞎的人，有时候还会像个疯子一样因为抨击那些地位显赫的大人物而为自己招来攻击，损伤自己的名誉。巴尔贝·德·奥尔维利将布卢瓦比作"大教堂上的兽形檐槽喷口，它们把从天上接下来的水不分好坏地倾倒到所有人头上"。

我本人有时候会觉得他就像被脱掉了衣服、正在与歌利亚搏斗的裸体"大卫"，只不过个头小了些，或者像"厩肥上的约伯②"，正在"对付"面临的困难。那些"头脑清醒的"、有见识的、有理性而稳重的人就是这么说的。

如果说在某些方面布卢瓦还能够泰然自若地应对那些最为粗暴的打击的话（有一天，他推搡着我承认说，很多事情隐于他的内心深处，就像隐没于流沙一样，他希望我也能够达到这种境界），我却怀疑他在我们面前掩盖了自己内心的悲剧。

在一代选择了新偶像的人们心中，莱昂·布卢瓦有时抱怨太多，但放弃上帝的举动使他得以忘却往日、今天甚至明天的苦痛，他眼含热泪说："所发生的一切都是可爱的。"

◦夏尔·波德莱尔

我一向尊重他人的想法，即使这想法与我的相悖。我犹豫了很长时间，才决定选择《恶之花》作为自己的生存氛围。虽然它的作者被（错误地）视为最后一位浪漫主义诗人，我认为自己还是体会了他的感觉。

诗人的天赋是沿着一条古典主义路线发展起来的，虽然它看上去不

---

① [译注] Alfred Dreyfus（1859－1935），法籍犹太人。1894 年被误当作德国间谍抓捕并流放。事件导致政治动荡。作家左拉于 1898 年发表致政府的公开信《我控诉》，声援德雷福斯。1906 年改判其无罪。

② [译注] Job，圣经旧约故事人物，富有、极具忍耐精神。

是那么的古典主义。"古典主义"这个字眼对于不少人不过是个无意义的说法而已……。但实际上，它却是摆脱了偶然方式和形式束缚的精神世界的辉煌极点。

我们不该忘记波德莱尔去世时的年龄，某些现代人在这个年纪才刚刚开始寻求内心的平衡。

多少有些高尚的灵魂往往会成为那种最不为人注意、伪装最深的仇恨的直接原因，而那些貌似最得体、有时也是最受好评的人往往并不知晓自己恰恰已被这种仇恨的鬼怪附了身。

可怜的波德莱尔！那些昔日里荣耀而光彩照人的胜利者们，他们也许又要羡慕您了（人心竟是如此阴暗）。他们是否很清楚自己的成就不过是昙花一现？当他们死去，只须片刻，人们就会将他们遗忘，因此，他们才不再以所谓的荣耀自我安慰了。

他们天天都在为选用什么可以永存不灭的材料来铸造他们的塑像而大伤脑筋。而您，波德莱尔，您却总是沉迷于您内心那不幸的角落。

也许，对您而言，只要心中拥有兄弟般的深情微笑，就足以使您战胜艰难、逆流而上。

○ **保罗·塞尚**

今天，人们热情地欢迎您，甚至在埃克斯-昂-普罗旺斯也如此。

难道是人们比以前更加理解您了吗？

褊狭让我感到恐惧，无论它是来自左派、右派，或中间派。当您在黑暗中艰难地追寻传统绘画道路的时候，您是一个真正的绘画大师，远不同于那些恶毒的家伙，但他们却要将您归类，将您视为"小品文作者"、"现代主义者"、"古怪的人"。

您与布热①、杜米埃和一帮老"伙伴"同乡，您所走上的是一条非

---

① ［译注］Pierre Puget（1620—1694），法国画家。

常法国式的绘画道路。

他们希望您能用响亮的字眼甚至富丽堂皇的辞藻来解释您对于"形式"或"协调"的理解。有一点，莫罗、德加和雷诺阿的观点一致，他们都知道那是无法解释的，老普桑就说过"艺术归根结底就是快乐"。

您对微妙的材料心怀敬重，您在古老的技法中寻求的是材料并以极其自然的方式完美地掌握了它。

可怜的塞尚！您在表达自己的同时，并不在意给了那些殷勤的"弓箭手"以可乘之机，只是他们投射的武器落在了您的脚边而未能伤及到您。

听听从未参加过战斗的人怎样讲述战斗吧，看看他们怎样仅仅根据时间、地点、时刻和战斗力的大小就轻易地做出评论。

您"为了快乐"而用油彩将画布覆盖，为了您自己快乐，也为了我们快乐，有时候几乎看得出您与我们的快乐有些一致。绘画真是奇迹呀！

但愿您在创作某些作品时想到过西诺列里①或类似的意大利早期艺术家，他们画笔下的人物那平直的肩膀、修长的腿部、纤细优美的躯干……记不得还有什么了，因为有了肌肉、白色的衣饰和天空这三个闪光点，您足以创作出属于自己的作品。

画作的机敏见诸于每一个笔触：倚着铁锹的园丁，身材有些粗糙、穿着令人咋舌的红色短上衣的老女仆……，也表现在协调的暗蓝色和暗黑色底子上。

今天那些讨论形式问题的人该有多么震惊啊！一个真正的画家，他的色彩和形式结合得多么完美。于斯曼在塞尚那里发见了一种新的绘画统觉②。从此，便常有人这么说："他的画法离奇古怪。"但这位协调画家的画面构成却因为有了纯粹、完整、美丽的绘画价值而非常协调、平

---

① ［译注］Signorelli（1450－1523），意大利文艺复兴时期画家。代表作《世界末日》等。

② ［译注］莱布尼茨等人的哲学用语，意为明了的表现或意识的统一作用。

衡。我们甚至无以解释这种神秘的和谐，也不能证明一幅画如何画得漂亮。

塞尚远不是走江湖者，也不是什么才子，而是一个作品令人费解的作家。

他不是画苹果，但直画到精疲力竭，所见的都是这个苹果、这白色的被单、这灰色的墙，在他眼里，这一切都不可忽视、值得珍爱。在深爱自己职业的画家那里，物件拥有了神圣的意义。

但热爱这美好的职业是要能耐得住寂寞的，有时还很可能要冒不被理解的风险，所有人都会打着第欧根尼的灯笼，带着他们以为很确定的看法来对比您的看法。有时候，被他们如此践踏的很可能是尚未加工的钻石矿。

而我，我一直对塞尚怀有一种深厚的感激之情。有多少次，正是他的生活和孜孜以求的榜样照亮了我的道路，给予我支持，使我的精神得以放松，使我的心灵获得温暖。

当他的同时代人想让他讲述自己的艺术时，他们惊讶于他的敌对态度。他总是用冒犯的玩笑话来表达自己的观点。但在我看来，当面对那些以己度人的人时，他有可能发誓、咒骂、大吵大闹，但在绘画上，他却非常规矩（这才是关键所在），而当他奋起与那么多睁眼瞎抗争时，他甚至是令人感动的。

一个日本人脸上带着令人捉摸不透的微笑，默默地伏身亲吻塞尚曾经工作过的画室地面。

大家觉得这种东方的动作令人反感。一时间，这个动作成了美术学院嘲弄的主题，但很快，人们又会把注意力转向不知道什么其他事情上。

温和的塞尚，你忠实于自己衷爱的东西。在绘画这个古老的避风港里，你的作品带有某种唯灵论的印记，但这印记太不明显，好像未被人们所注意。

温和的塞尚，你是一个理性之人，那些说你是疯子的人，是他们自己搞错了。

○奥古斯特·雷诺阿

我们住在离拉罗什佛科街博物馆不远的同一层楼上，他在那头，我在这头。但整整一年当中，我们彼此从没有说过话。

雷诺阿当时已经是名人，而我不过是默默无闻的穷人。我的老师居斯塔夫·莫罗死了，我的家人去阿尔及利亚找我的寡妇姐姐了。我那时的生活带点儿幽居的色彩。

在我眼里，雷诺阿俨然是一个对自己的绘画完全有把握的人了。我是说，他已经在享受艺术家的奋斗带给他的快乐。

星期天我们也都要工作。在小院子里等模特的时候，他总是双手背在后面踱步。

加布里埃尔那个时候还今天是帕里斯，明天是波莫那，很是随性。

我那时胆小可过了头，一直不敢先跟他讲话。

我并不知道他受到过威胁，很痛苦，只是觉得他似乎在寻求宁静，我可不想勉强他做他不乐意的任何事情，不想给他增加压力。

沃拉尔始终弄不明白我当时为什么没有与雷诺阿来往，因为我的早期作品《律法师与童年耶稣》、《基督死亡》、《推磨的萨姆森》以及其他不少作品就是在那个时候完成的……

我得承认，雷诺阿的客观主义让我感到有些害怕，这当然是不对的。我担心他是否会笑话我传奇式的过去，我自己十分看重这个背景。我也害怕他会像一个骄傲的九柱戏①玩家一样，最后才抛出他的球，彻底打乱我所固有的习性和嗜好。

实际上，我本来应该给予这种九柱戏游戏更多的重视，并且应该将这种游戏继续下去，因为我热爱昔日的某些大师。

我完全错了！很多博物馆作品，雷诺阿都是非常喜欢的，那也应该

---

① [译注] 一种栽有小木桩的滚球游戏。

是我同样喜欢的。还有，他与我一样是从默默奋斗和贫穷中走过来的。

他当时就懂得，画家的快乐就是表现明亮天空下的河流、柔软的肉质、花朵和美味可口的水果。

在他的一些作品里，我们可以感觉到古代画家画在瓷器上的东西。他很会用白色，颜料驾驭得得心应手，并不去遮挡强烈的黑色或紫色底子。

雷诺阿与过去的好手艺人一样，总是操心自己的技艺和技术手段，终日想着如何进步。他从不紧张，除了几幅多少有点日本味的画作，那是他在完成了一幅特别简单的印象派绘画之后，为了寻找一种训练方法，而以着色画师般的细致和耐心完成的作品。他非常熟悉古典大师，他的这种对于古典大师的关注姑且就是一种训练方法。

有些人不是已经在指责雷诺阿太贪婪吗？说他画画是为了愉悦。这一点却恰恰是雷诺阿最确定的素质。

虽然经过了许多掩藏的、有时甚至是迂回的岔道，但我们注定要与这个人走到一起。是我们避开了他，或者这么说，如果抛弃这杯饮料，我们便没有任何东西可以解渴了。我们本该相聚在一起，却彼此离散；我们本该相爱，却彼此怀疑、相互蔑视。

那些思想简单的人、温和的人和恋人是幸福的，他们默不做声，他们爱着，生活尚没有将他们撕碎，没有使他们扭曲。在看到清晨第一道曙光的时候，他们就已经忘却了前夜的悲伤。您就是这样啊，雷诺阿，这是我第一次将您作为知己对话。

您是一位谨慎的画家，您的微笑掩藏了多少英勇的气概、多少痛苦、多少忧虑！这一切统统被遗忘在绘画的欢乐之中！

○奥诺雷·杜米埃

在我年龄不大就得面对现实的时候，我就迷恋上了杜米埃。

我的祖父（他特别仰慕马奈）常去旧书摊上收集他所喜欢的画家的各种不同的复制作品。

　　杜米埃的作品是我祖父最初为数不多的绘画收藏的组成部分。他那是时已经看到，杜米埃是一位有待发现的画家。我又看了那些画，觉得有些剪纸肖像非常漂亮，不同寻常，但那些画却一直被有些人视为古怪。郝麦先生就从来不承认收藏他的画，他跟一些地位稳固的家伙说："画得多难看呀！"

　　由于思想进步，杜米埃和库尔贝都成了名人，但他们在艺术上却很少被人重视。两人个性都很强，他们对于绘画的热爱却长期得不到理解。

　　继西班牙人之后，甚至更甚于他们，杜米埃用最漂亮的版画表现了一个穿着肥大裤子、长着一张悲剧面孔，但却花言巧语、令人生畏的矮个子家伙；还有一幅表现的是一个女性剪影，他表现女性的作品并不多。看看这个一边给孩子哺乳一边喝汤的妇人吧，这不就是米开朗基罗的《女预言者》吗？只是更内敛些而已。这幅画远胜过弗洛朗坦那些被公认的仿制品，因为杜米埃懂得什么是创造。他的人物脸上的表情多么哀婉动人！他是画家，仅用几条基本线条就达到了这种效果。他靠的是运用白色和黑色少有的才能，强有力的笔触和精妙、多变、灵活的素描。

　　请看杜米埃的两个人物，他们对视着，看上去像两个预言者：一个是心满意足的追求享乐者，肥胖的脸颊堆满了笑容，但整个人儿看上去却是那么的多疑；另一个瘦高、苍白、悲哀而迟疑。即使没有具体故事，版画本身已充分显示出所要昭示的东西。

　　当面对《蒙娜丽莎》时，看到她那就要绽开的微笑，无论孩子还是老者都会深深为之着迷，被其征服。蒙娜丽莎啊，这个责任并不在您，也不在达芬奇，而在于那些以为面对您的微笑就可以安然睡去的人。

　　华托、夏尔丹、杜米埃、库尔贝、塞尚并柯罗，请允许我暂且将你们相提并论。能够为一个人为什么要哼唱小调找到最简单的借口不好吗？大人物们做不了什么，但描绘大人物的画家，他的天赋、他的力量和他的爱却能使事情不一样。

　　有人说杜米埃"就是滑稽和漫画"。但是除了波德莱尔和另外几个人，人们既不知道杜米埃还是一个好工人，也不了解他有时是多么伟大，多么强大，虽然他所采用的办法很简单。

◦ J. -K. 于斯曼

于斯曼是个怕冷又冷淡的人，时不时咳嗽，走路的时候迈着沉闷的小步，硕大的头颅在他的溜肩上摇来摆去。

他哼哼唧唧，唉声叹气，也笑，但那是一种很不自然又相当老练的笑。一双纤小、骨感、干瘪多皱的手里总是夹着一只熄灭的烟头。

他在长颈玻璃杯里配制一种我搞不清楚是什么的老式烈性混合酒，简直就像库特来产的色彩干燥剂，还把这黑色饮料也递给我一杯。我是不大没讲究的，就做了个不恭的鬼脸，一小口一小口谨慎地咽下了那混合物。

墙上挂着一幅弗兰早期风格的画，是一张用增强水彩画笔画的素描，另有一幅塞尚的画，大小如一掌，还有一幅老布莱斯丹[①]即"石狗"[②]的石板画，叫做《逃往埃及》。

于斯曼使我想起了他的荷兰祖先，也想到了那个时代我们本国的一些人物或形象。

在被生活揉制过的皮革上，微笑也会变得暗淡；在灰色的灰烬下，不时会有烧焦的木头露出。布鲁日的小贝居安女修会[③]里平静的生活可能更合适于斯曼。

在里格热[④]，有着与巴比伦街或圣-普拉西德街同样的装饰，于斯曼就死在后一条街上。

他跟我讲过许多巴黎的事情……

————————————

① ［译注］Bresdin（1822－1885），法国蚀刻画家、石版画家。

② ［译注］Chien-Caillou，布莱斯丹的笔名，借自詹姆士-费尼莫尔·库珀冒险小说。

③ ［译注］不发愿修女的修道院。

④ ［译注］LiguGé，维也纳小镇。

他还保留着做排字工人的底子，满口也还都是巴黎郊区排字工人的口头禅和过时的语音，有时候说话还带鼻音。《多好的玛蹄脂！多好的玛蹄脂！》是他常常挂在嘴边的话。他笑起来很难看，一副哭相。

他从不怀疑什么，心安理得于自己所保留的这一切。

有些人认为他是个真诚的人，有些人却不然，批评他没有将皈依前当龚古尔学院院长时所写的书毁掉，没有断绝与有些人的友情，还批评他不是赤身走上通往耶稣受难之路，还有东西没有放弃。

他总是一会儿抱怨冷，一会儿嫌怨干燥。他行走困难，或者至少看上去不那么方便。对于艺术的虔诚使他对那些镶有金边、有凸版印刷字的精装老版书情有独钟。他生活在过去，但并不妨碍对现代生活的兴趣。对于现代主义这枚绿色的水果，有些人趋之若鹜，另一些人则避之不及，而他，则早已开始品尝了。

《有些人》是他的早期著作之一。在这部著作中，他写了塞尚、皮维斯·德·夏凡纳、居斯塔夫·莫罗、费里西安·罗普斯[1]、德加等人。这是他钟情的主题，在这里，他可以由任自己的嗜好，因为谈艺术对于他是快乐之事。

他喜欢尖锐的或饶有趣味的措辞，喜欢新手的淳朴天真，有时甚至喜欢具有个性的拌嘴，从中可以看出一个人的性格，他还喜欢人的积极思考或冥想的自然天性。

他来自里格热[2]，曾经梦想在那里建造一座类似贝居安女修会的东西。他曾说："我想找一位神圣的、智慧的神甫，远离嘈杂的沙龙，远离官方的酬金，可以安静工作，两耳不闻窗外事。"

他想组织一个低调的小艺术中心，在那里，可以远离政治闲谈，人人只需要专注于自己的工作。他一定为这个想法兴奋过。他看上了修道院里的一个回廊，想把中心建在回廊附近。在那里每人保证有定量的饭

---

① ［译注］Félicien Rops（1833—1898），比利时画家、雕刻家。

② 瓦尔德克-卢梭法案（1901）驱逐了里格热的信徒。于斯曼与鲁奥回到巴黎。众所周知，分裂法于 1905 年通过公投。（N. de l'E）

食，不需要太多出人头地的奢想。

然而，疾病一直窥视着他。他先是患了眼部带状疱疹，被缝合了眼睑，并在没有光线的房间住了整整三个月。

经过数月的病痛之后，他陷入了漫长而痛苦的弥留，最终死于癌症。他的秘书让·德·卡勒丹在他生命的最后时刻给予了于斯曼无私的关怀。

·爱德加·德加

> 当被冠以古典主义，
> 年迈的德加回应道：
> 让我安静地死去吧，
> 加布里埃尔·穆雷①先生。
>
> 乔治·鲁奥

他在家里整理色粉笔的时候，我去了。本不想太多打扰他，但正撞上他吃午饭，没有比这更不巧的事了。在办完了托付给我的事情之后，我就准备离开。他却在楼层平台上跟我谈起了绘画，一直谈到下午五点钟。

他让我看了家里的藏画。我想我看到了现藏于卢浮宫的《塞弥拉米斯》，至少看到了《战斗中的斯巴达年轻战士》。德加疲倦地扬了一下手说："这不算什么。"但这对于我却很重要，因为，我认为自己由此发现了贯穿于德加一生的画风冲突。一方面，可以说他是一个对画风有研究的人，这使他很自信。关于这一点，他应该是遵循了老板多米尼克②的忠告："绘画即诚实。"但更是在广泛采撷了各个伟大时代绘画作品的营养后，他的画才得以从一般意义上的作品中升华为他自己独有的绘画，

---

① 文学家，艺术批评家，生于 1866 年。（N. de l'E）

② 即安格尔。（N. de l'E）

这些画，他是不愿意出卖的。他所梦想能有一种稀有但牢固且持久的绘画材料。德加说："曼姆林①画作到现在都还没有什么变化。"

德加也曾梦想像达芬奇那样，把壁画和油画结合起来，说得明白些，就是把两种有些对立的但均优秀的品质结合在一起。

德加后来到居斯塔夫·莫罗博物馆的大画廊来看我。画廊不对公众开放，里面藏有我老板的一些画稿。他问道："这幅画不是居斯塔夫·莫罗的，是谁的呀？"

我回答说："是我的。"就是我的那幅《律法师与童年耶稣》。

我遭到了批评，那是莫克莱尔②先生巴不得的。他说我的画作中有很多东西是从过时的大师那里来的。

—那些律法师，……是坏家伙丢勒的。

—这个童年耶稣，……是从意大利绘画来的。

—画底呢，……是伦勃朗的。

—至于你的圣母，是不是有点效仿我呀？

德加又说："还有呢？我想您有过父亲和母亲吧？"

我理解德加会认为上面所提到的这些影响对于一个年轻人来说纯属自然，还有，所谓独创性或毋宁说对于独创性的过分追求很可能在德加看来都是十分可笑的。

德加于1856年在意大利初遇皮维斯·德·夏凡纳和居斯塔夫·莫罗。随后，他们又各奔东西，各自尝试开辟自己的天地去了。

德加将他自己对于安格尔的虔诚追求强加给了他的时代。他买下了安格尔的全部油画和素描。他对于解析性形式的赞同有时多少有些固执。那个时期的有些素描与雕刻家的素描非常接近，但他避开了趣闻佚事和社会新闻，而去寻找一种能够将自然主义和古典主义结合起来的风格，这使他后来的素描更加自由了。

---

① ［译注］Memling（1440－1494），文艺复兴时期弗拉芒画派画家。作品有《最后的审判》。

② 卡米耶·莫克莱尔（Camille Mauclair），著名批评家，1930年曾在评论鲁奥时写道："癫痫掩盖下的装腔作势。"这种漫骂式的评论令鲁奥大笑不已。（N. de l'E）

雷诺阿后期脱离绘画，选择了一种单纯、闲适的生活节奏。与其相反，德加则一直画到他的舞女们消瘦的肩胛骨耷拉下来，锁骨高耸，髋骨和脚也都软弱无力的时候，他才停了下来。他一直追随着舞女们胯骨的轮廓，略显固执地突出她们鼓胀腹部的褶皱，让她们那最丑陋的曲腿扭腰的站立姿势里还留有一种古典风韵。

对美好形式的追求一直纠缠着德加，有时，他也会在现代主义和古典主义之间左右徘徊。每当这时，他会一张接一张地画硫酸纸图，而且坚持使用被他不断变化的形式。德加也很喜欢色彩，他的色粉画表现高光时所用的微妙浅色笔触和协调的关系可以证明这一点。

德加是油画大师，更是色粉画大师。无论颜色是强是弱，他都不大使用晕阴。他喜欢淡蓝色，喜欢在群青灰里加上富于变化的暗色：画面的协调呈现了。而这种协调似乎正好强化、突出了构图，也使之丰富。

德加说："我最害怕的东西并不是灰尘，而是人的手……"德加示意，远处，画室外，冬天的雾霭中，有"敌人的营地"。那里有艺术品修复者、裱画工，画展组织者，还有成群纠缠不休的人。他们无以数计，是个骁勇的军团。对他来说，这个军团不受欢迎。

接着，面对无政府主义的威胁以及对绘画科学和个人自由的蔑视，德加引退了。他在巴黎过着孤独的生活，完全如塞尚在埃克斯-昂-普罗旺斯一样。

我有时会在废弃的老蒙马特弯曲的坡道上碰见他，这位当今的荷马双目已经半盲，正用他虔诚的艺术朝圣者的拐杖敲击着路面。

他表情凝重，精致的脸庞变得消瘦，脸上的颜色也深了很多，有点像古代的青铜或是古典奖章的颜色，让我隐约想起曾经见过的一幅卡莱尔①肖像。

在这个愤世嫉俗的德加身上，我看到了他对纯绘画的热爱，也看到

---

① ［译注］Thomas Carlyle（1795－1881），英国著名作家、历史学家，著有《法国革命》。

了他的忧虑。指出这一点是必要的。

处处可见对于艺术的"无知者"，这种泛滥让德加倍感痛苦。在这个问题上，他没有任何"阶级偏见"。

虽然他是个"大资产阶级"，就像我小的时候常听人们说的那样，这完全可能……。他的确有着大资产阶级的风度，这位安格尔的"孙子"，至少在他很老的时候，我每次见到他在爬那条街名为女修道院院长的斜坡时，依然是一袭资产阶级的装束。我绝对不会将他与那些从他身边经过的操劳穷困的人混淆。但我肯定他绝对不会蔑视他们。他敬重并热爱认真完成的作品，并且不屑于理会对这样的作品说三道四的人。

如果说他曾深为众人蜂拥扑向自由职业而不安，为绘画沙龙的过多而不安，使他更为不安的则是他对于艺术和艺术研究的忧虑找不到共鸣。有人后来说，那是他自找苦吃，他就喜欢孤独。但愿这是给他的补偿，使他得以孤独地生活，这头老野猪！

但愿那些如此评判德加的人也能体验一下这种孤独的痛苦！

我对德加这种面对尘世的羞怯和退避没有丝毫的蔑视，反而报有好感。

您肯定不是个好撒马利亚人，不是油画里的圣梵尚-德-保罗，您只能算是个清教徒而已。

您对年轻人的尊重略有欠缺，除了高更和弗兰。

您的生活过于单调，您的漂亮文字也几乎没有发挥作用。大家只看到了您的坏处，甚至那些不属于您的坏处。

当我向德加提起他说莫罗的那些刻薄话，并告诉他我的"老板"对于他的态度可完全不同时，他下结论似地说：

"不过，……给他下葬的时候我可在场。"

他又对我说：

"所有我们画画的人都跟猪一样。"

而当说到眼下的无政府主义和古人值得尊重的技法时，他压低了声音说：

"应该重新做回奴隶……"

德加先生，从某种意义上讲，我们所有的人，谁又能不是奴隶呢？富人是他们的贪婪的奴隶，穷人是他们的困苦的奴隶，而敏感的艺术家们，当他们头枕着由成功带来的短暂荣光沉睡时，则会像奴隶一样为他们的心所呵斥。

谈绘画

以艺术为写作主题、讨论绘画，这是项令人生畏的任务，但许多批评家却能轻松地做这件事。然而，请允许我说，有些时候，他们可能混淆了各种不同价值，抹杀了隐于深处的差别。

您有可能写关于我的事，我请求您要多谈绘画，至于我，绘画的忠实仆人，就不要多说什么了，要说，也只能轻描淡写地提一提。对我来说，绘画只是忘掉生活的一种方法而已，而且，如果说我一直厌恶说话，是因为我们的语言就是形式、色彩和协调。不夸口地说，我已经得到了补偿，还要再去说道、解释、为自己辩解、评论他人，这样做有什么用呢？无论他们批评我还是宽恕我，天哪！又能怎么样呢？

写我如果不是为了赞美艺术，就不要写。不要把我当成造反或者反对什么人的冒烟的火把，我所做的事情微不足道，不要赋予我那么多重要性，我不过是黑夜里的一声喊叫，或者是没有哭出声的呜咽，或是哽住的笑声。在这个世界上，每天都有成千上万默默无闻的劳作者为了工作而死去，他们比我更有价值。

我是那些在犁沟里辛勤劳作的人们无声的朋友，我是永远贫困的常春藤，攀爬在斑驳的墙壁上。就在那墙壁的后面，固执的人类掩藏着他们的种种劣迹，也掩藏着他们的德性。基督啊，在有些危险的时候，我只能相信十字架上的耶稣，早年的基督。

有个人想要剽窃我，我由他去了，甚至还给了他建议。他成了宗教画家后，倒把我划到了劳特莱克和德加继承者的行列，还有，什么杜米埃的孙子、画画的莱昂·布卢瓦，等等……

他错了，我付之一笑，因为绘画上的有些属于个人的"口音"和"标记"是借鉴不来的。

我与沙漠中的狮子一样孤独；我若鸽子一般温柔，虽然鸣噪，虽然骂过人；我以一颗包含友情之心倾听悲伤的祷告。在心灵深处，我与你们的忧愁和欢乐相距那样遥远，我像平原上的风一样自由；母亲怀抱中沉睡的孩子，他的一丝呼吸都比我那昙花一现的努力更珍贵。

主宰我的情感和选择的王是平民，也是权贵。我并不因此而贪婪，我又听到了美人鱼的诱惑，却永远不会像尤利西斯那样掩住耳朵。

我又听到了巴克科斯的女祭司们的吼叫声，她们因激情难耐而发生冲突，并伤害了俄耳甫斯。这样的人想要革新、复兴进而修改古老的神话、缩写光明之子拉辛和维庸的诗歌，他们认为两位诗人不应该把一切都囊括在他们的诗歌里。亲爱的俄耳甫斯，告诉我，尤其是您，温柔的俄瑞狄斯，转瞬即逝但令人欣悦的影子，那些精于玩弄字眼的人，他们，要让您这瞬间的影子开口讲话，俄瑞狄斯，我温柔缄默的姐妹，您是如此美丽，以您为高雅的标准当然再合适不过。而您，贞德，没有人见过您的真实面孔，只见过您在焚尸柴堆上的彩色画像。他们要把您拍成照片，还要让您给予解释。

您可能会去写我，我的绘画语言可不受欢迎，它由各种最贫困民族的方言构成，庸俗，有时还有点微妙，就像陶器或上釉陶瓷在窑火里烧制那样，互为对立的成分有时会熔合，有时则会分解。那些仿佛围成圆圈的孩子手拉手一般联系在一起的人多么高兴呀。天哪！脖子套在绞索上的上吊者的摆动竟也优雅。

维庸，你看出了他们的狂妄自大，在西苔岛①的夜空下，他们的笑容比蒙娜丽莎更有魅力。他们所有的人一齐地脱去了奴隶的外衣。从这里走过的美丽夫人，要不了多长时间，您就得躬身屈从于别人，这是无以逃避的规则；要不了多长时间，您就会死去，这是您那令人畏惧的美貌必须遵从的可悲规则。对于好吹毛求疵、居无定所的犹太人，我有时就处于这种境况，您又能说什么好呢？

我梦见过一幅匿名画，大家都让我在上面随便签个什么名字，不幸

---

① ［译注］Cythère，希腊岛屿，北与伯罗奔尼撒半岛隔海相望。华托有画作《舟发西苔岛》。

的我呀！你们还想看到我戴着一顶从未戴过的喀琅施塔德帽和一把约瑟夫·普吕多姆雨伞，俨然一副巴黎资产阶级或老资格公证人的派头吗？要知道，在 20 岁时，我可是比阿尔弗雷德·缪塞还要漂亮、清新、也有点手足无措，这些东西直到现在还在我身上留有痕迹。

　　他们错了，你们也错了。我如真理一样赤裸而忧郁，如黑夜一样温柔而沉默；我对自己严厉而尖刻，对随风而至的他人却温情有加。盛夏里，我却昼夜打颤，牙齿抖得咯咯作响，浑身起满鸡皮疙瘩，两条腿抖个不停，目光混沌：在这所谓的文明时代，我不知所措。只有呜咽的耶稣愿意倾听我的心声。

　　我也在欺骗你们，我是一个漂亮的王子，很久以前化作了凶狠的野兽。在美好的但具有侮辱性的幻觉当中，莫尔比昂省的仙女们数千年前曾经厚爱于我，她们向我透露过不止一个秘密，所以，跟多比涅①一样，我舞跳得很好，即使在焚尸柴堆旁也无妨。我很冒失，又如孩子般胆小，还会傻乎乎地生气。我想要水桶里的月亮和小溪里的星星。我的外表平平，我的存在随机无常，但我却比蜻蜓还轻。如果说我有时所画的风景比魔鬼的屁股还要黑的话，这是因为我在表现法郎的胜利和贬值。

　　我无法在鲜血流成的河水中逆行，但女妖卡拉波斯却热烈追随着我。我像勇敢的潜水员潜入大洋深处，那里，加拉泰还在打着哈欠叹气呢，而库克罗普斯则一直凝视着她，泪珠从他的独眼中滴落下来。

　　现在的我，克制住泪水和抽泣，让它们变成美丽而快乐的珍珠。我是那最令人讨厌的猕猴？还是最可怕的、没有牙齿也没有鼻子的麻风病患者，身上如漏勺一样到处都是洞，仿佛经历过无数次殊死的战斗？还有，那些最贞洁的姑娘们不分昼夜地来到失望者被焚毁的黑暗地带，在镶牙塔的墙脚下诱惑我，假如我拒绝，她们将把我撕成碎片。

　　俄耳甫斯说："俄瑞狄斯，俄瑞狄斯，你只是茫茫黑夜里的一个影子，一个转瞬即逝、我在谵妄中自以为抓住的影子。"

----

① ［译注］Agrippa d'Aubigné（1552—1630），法国作家，有《悲剧集》。

关于马蒂斯

我得在这里说说你，马蒂斯。你的长处恰恰是使你被指责的东西，因为你已经拥有了属于你的位置，或者说，只要你愿意，你就能随时重新回到这个位置。

30年前，甚至就在昨天，人们还在一直赞扬用均匀的色调装饰墙面的做法。请你原谅，我得在这里说说我自己，以便大家更好地理解我。当年，对于这条街上（还有其他街道）所有杰出的记者来说，我是个麻风病患者，还不是1900年那个下意识的印象派画家。

对于你，马蒂斯，人们指责你的，恐怕是你太过挥霍。

你有才，你愉悦，这一点必须承认，你是用天赋在覆盖平淡的画面。假如有人计算你的工作时间，人家会觉得你挣钱太容易了。那次你去摩洛哥就是一次愉快的旅行，你选中了不少重要主题。别人批评你的恰恰是你的得心应手，正是你的自如将那些主题化作了你的强项。他们只是指责你与他们的关系太过淡漠，而对德兰①，却竭尽所能地予以抹黑。这种命运也会轮到我的。但是，30年来，这种说法我听得实在太多了，已经充耳不闻。

---

① ［译注］André Derain（1880－1954），法国野兽派画家，作品有《泰晤士河上的驳船》。

在各种流派的边上

我们生来不是为着为我们自己辩护的。我有时由任自己去幻想："我什么时候才能读到一部虽然不尽完美，但生动、没有华丽插图、闻不到印油气味、没有说教、不感觉智商低下的著作呢？"我梦想有一部关于艺术的著作，它应该像一则有关仙女的古老故事：最抽象的东西在外行听来也能美若音乐。尽管他们或许不能准确把握其深刻意义，但却能清楚地感受到自己正在走进一个全新的世界。批评家可能觉得好笑，他们可能会说："我们非常了解这一点，必须提防这种空想家将囊袋当灯笼，将正在腐烂的纸币当成足量的金币。而这样的金币又将引导我们到何方呢？首先，我们可是热爱智慧的人。"行吧。摄影师也一样。

唉，那些临时评审员，无论严厉或友善，都是喜好强词夺理的人，不过形形色色、血统各异罢了。因此，当我终于跻身于一个具有"创造性"的行列，比起传统或反传统意义上的油画家，我更像素描画家（但愿不是这样！）时，我是否还要时刻掂量自己为什么高兴，又为什么痛心，为什么我的眼睛会充满喜悦，又为什么我的心会被感动呢？

确定您的画家身份、将您归于某一绘画流派，这是评论家们极其热衷的事情。或者，他们总希望能将您的艺术与他们所创造的某一社会的、政治的，有时甚至纯粹是装门面用的信条联系起来。

至于我，如果要说出自己的嗜好取向（我当然会有自己的爱好），得承认，我惧怕某些带有幻想色彩的浪潮或倾向，说得准确些，这类浪潮带有婴儿啼哭般的、伤感的幻想色彩。我惧怕那些虚假的"情绪"。以狭隘的、有局限性的唯物主义为借口而拒绝真实，自诩为富有想象力的人或富有战斗力的诗人，假如果真牵扯到想象和诗意，这些做法势必招致人们对想象和诗意的反感。

我一向喜欢海洋的气息，我的孤独如此满盈，以至于没有一刻时间能够用来烦恼。谁知道会有哪个批评家要说我忧郁、病态或诸如此类的说法？我是这个地球上从来没有过的乐天派。但是，亲爱的地中海的人们，绘画可不总是挂在墙上那只或精美或粗糙的盘子，而快乐也不仅仅是阿拉伯装饰图案式的快乐或晴朗的天空中和谐的节奏。

我从来没有仇视过学校。因为贫穷，我曾那样渴望能在学校画真的模特或者古代艺术品。但我却不曾是"丁香园"[①]的常客，后来，也没有多去"狡兔之家"[②]，就是现在，今天或昨天，我也不去圆亭咖啡馆[③]或多摩咖啡馆[④]。1830－1880年那些蹩脚画家经常出入的小餐馆和咖啡馆有些时候不就是战场吗？在那里不是经常发生适合被叫作"观念之争"的事情吗？如果人家高兴，完全可以说我是某某亲戚或什么精神朋友。对此，我可不负责任。也有人试图将我归于某些团体。他们的划分是否正确一概不关我的事。不是有人说过，我是什么描绘丑陋的专家，是表现主义的精神之父吗？我得说，我可从来没有期待这些头衔。

我认为，由于自我隔绝，我并没有表面看上去那么傲慢，我所关心的只是如何才能集中心思安心工作，避免浮躁地"过剩生产"，避免愿望过多而导致注意力分散。你们可能会说，过于放松自己是危险的。这是可能的，但为什么一定要认为，稍微保持那么一点距离，就果真不能了解正在发生的事情、所作的判断就一定会脱离事实呢？

我绝对不会相信那些贴在瓶子上的美丽标签，也不相信那些冠冕堂皇的表白。我很清楚，色彩有它自己的角色，它讲究密度和平衡。无论

---

① ［译注］巴黎著名咖啡馆，位于蒙巴纳斯大街171号，开设于1847年，是文化名人时常光顾的地方。

② ［译注］巴黎老牌小酒吧，深受毕加索、普瓦雷、阿波里奈尔等人所喜爱。

③ ［译注］位于蒙巴纳斯大街105号，1911年始营业。

④ ［译注］位于蒙巴纳斯大街108号，高更、毕加索、海明威、康定斯基、布列松等都曾是其座上宾。

是安格尔的私生子，还是他的捍卫者，无论是出于善意还是因为好斗，他们都不可能对色彩的这些特性有丝毫改变。但安格尔往往会在他本人并不知情的情况下被人盗用名义去命名某某时髦的做法。有人这样做，通常是出于对某种身份的渴望，或是担心自己可能不会太热衷于色彩，因为，当一个画家已经有了某种自己的标记、已经喜欢上了某种微妙的材料，如果不喜欢色彩，可就危险了，容易引起误解。

谈到前人们如何处理形式与色彩的平衡，举乔尔乔涅①《田园的合奏》为例。是否可以说，过去有些艺术家的确用其画笔取得了令人钦佩的成绩呢？我们在所有画院都见过大师级的素描，我们知道，在其一生的不同阶段，他们对形式所采取的做法也不总是一样的，今天用的可能是一粒钻石或银尖儿铅笔，而明天可能又是其他完全不同的材料。

他们的画面可能很大，有点像雕塑家，也可能用小幅的、概括性更强的材料。这样做，是因为他们不会屈就于时髦，更多的是服从于内心和造型的需要，尤其是要服从于他们自身的变化。

我爱那些昔日的大师，为什么不愿承认还有人愿意追随美术学院呢？这些人可能略见平庸，不大讨人喜欢。在人们把普桑奉为明星追随之前，我就多次跟好人莫罗一起花很多时间流连于卢浮宫了。到了晚上，有时一周六天当中会有四次，我们有一句没一句地聊天，愉快地交换相互的印象，全然没有高下之分，因为他不会让任何东西成为我们师生关系的障碍，我们轻松而愉快地从对方那里得到启发。当我们面对选择时，大师就是可以依托的跳板，不应当将他们视作横在面前的中国长城。下面这句话大概就因他们而说："字句叫人死，神灵令人生。"②

在说到克洛德·洛兰和哥德的早期艺术研究时，莫罗多次向我提起过他与哥德和爱克曼③的会面。在昙花一现的印象派后期，他还常让我

---

① ［译注］Giorgione（1477—1510），意大利文艺复兴时期威尼斯派画家，架上绘画的先行者。

② ［译注］见《圣经》（哥林多后书 3：6）。

③ ［译注］J. P. Eckermann（1792—1854），德国人，《歌德谈话录》辑录者。

们去看克洛德那些漂亮的乌贼墨画。

某位著名医生后来在为一些艺术家把脉时曾说："颓废，究竟是健康的艺术还是病态的艺术？"

关于这一点，要说的话可能也很多。与沙龙艺术的平庸比较起来，我倒更喜欢某些颓废的东西。

颓废难道不比繁杂浮躁来的更好些吗？

无论过去还是现在，人的分类有多少是不恰当的；从精神层面讲，有多少等级是错误的；有多少颂词或悼词是夸大的；在家族地下墓室里准备好了多少个隔间；一个成功者的个人信息中有多少日期、时间、地点是错误的，他的成就或失败又有多少是被夸大了的；有多少殓尸人是兢兢业业的，又有多少愚蠢的掘墓人，更有多少寄生虫！

一个人完全可能在不超越其能力限度的情况下轻易地作出选择，小心翼翼地跻身于游戏之中，因为他实在没有多少魄力；而另一个人却不然，因为，与前一人相反，他不得不一再调整自己，不得不随时冒着被扫地出门的危险，你们却视这样的人为典型的危险分子。

艺术难道因此就真的只能是保证某些人实现个人目的的东西吗？

他们想要的是香味合适的花朵，并且这花朵应该生长在他们选定的国家（通常是他们的出生地），或者如果他们还有点故作高雅，就可能在一个最不为他们所了解、最遥远、最不可思议的国家。

至于我这个法兰西岛人，我很清楚凡尔赛并非唯一的首都，无论经由沙特尔或兰斯都能到达巴黎。我也知道，无精打采的卢瓦尔河那呆板的、几乎不变的灰色地平线并非人们不得不面对的唯一景色。

也许只有那些运用多种表现方式、在长期不懈努力中逐步掌握了受人欢迎的色调变化的人才可能享有"朴实无华"。

梵高在创作最后一幅油画《麦田里的乌鸦》时走向了疯狂！高更在马尔基斯群岛上进入了弥留！塞尚在埃克斯越发与世隔绝！而我们的

"雅克师傅"① 们则都遵循着各自选定的视平线。他们有时会装作仁慈地接受这些艺术家的一些本身就具备杰作价值的作品，他们之所以这样，多数情况下，是基于对他们自己、对他们的自身安全、甚至是对某些与他们有着某种关系的或者具有某种权威的集团的利益所考虑。这么说，是因为他们没有足够的权利以作品自身的价值来评价作品吗？非也，是因为他们往往只从关注外部考量作品的品级，只注意作品的外表。

轻佻的花饰、半圆形环饰这些没多少价值的装饰、彩色照片及所有类似的东西都能博得他们的青睐。所谓轻松模仿自然的艺术并不能成为真正的借口，这种艺术往往是用来装门面的，久而久之，必然酿成了沙龙艺术作品的过剩状况。

这种平庸的大获成功迎合了我们这个时代大多数人的需要，这些人一点儿也不情愿默默无闻但却自由自在地付出些努力。因为这种具有装饰性的自由不是唯一的自由。还有另外一种不易被理解的、比创作技法隐藏更深的、在印象主义之后才被挖掘出来的自由。那是最为美丽的自由，是那种看上去非常自然、不能以它为招牌、也因此无法度量、不能精确规定其形式的自由。实际上，它就是艺术的一部分，是艺术中能够避开最敏锐的探索者、一般的智力在它那里无法发挥作用的部分。具有平衡的绘画状态而内心宁静的艺术家是幸运的艺术家，但我斗胆说，有一种智商和博学可能会毁掉艺术家的这种状态。

站在各种主张的边上，而更靠近作品，才可能使人对事物做出客观的评价。这正是我在这里想要努力做到的事情。

---

① ［译注］法国传说人物，手工业行会的三个老板之一。此处指当时绘画界权威人士。

这个所谓的丑八怪

这个所谓的丑八怪，是一个阶段，我研究的一瞬间，也许我太过客观了。这样的事情发生在我身上，我曾经在那里，可我不是过度谨慎，特别灵活，从不犯错的人。我是不是走得太远？也许是的！

然而，"所有的反抗都会转向爱"。我那些最可怕的怪诞角色们，我是用"矾油"画出他们的吧，他们可怜的、受尽折磨的脸，我不带任何偏见，也没有文学化，我一直很吃惊，人们编造、剖析了多少东西，或者依照我也不知道是哪条社会道德信条，粗略地评价一些人们声称很鄙视的东西，其实别那么重视这些，还不如像洛特①提到的那个著名画家那样说："鲁奥？不说他。"其实，这样更公道些。可是，久而久之，人们的关注超出了我敢想象的任何程度。我太吃惊了！

……随后，我的情况变得更严重了；随着我进一步深入酷爱的绘画世界的心脏，我感觉到了更审慎、更朴素的形式，朝着更加朴实无华的风格努力。就是朝着这个方向，我感觉到了一种宗教般的努力，因为人的面庞，有时候，对于某些人来说只是沙龙里的正统肖像，而对于其他人来说，又毫不重要，而我觉着，人的面庞是表现手法的无尽源泉，是无可比拟的财富。

---

① ［译注］Lhote（1885－1962），法国立体派画家。

绘画气候

○形式、色彩、和谐

死亡画家，这个头衔太好了，前人比我诠释得更好，对我来说，在这样的黑暗中，无法谈论形式、色彩、和谐。

艺术家根本没有被强迫来做那么多的说明、计划和信仰声明："我们在做无声的艺术"，老普桑说。

我曾经在"画后"写下几个简短的注释，不是解释，而是表明对绘画的热爱；为了这期《文艺复兴》我想再看看，不过我不是评论家，没有头衔，也不被称为重量级人物，在如此纷杂、如此多样、如此自由的法兰西学院评判别人或自己，——这个学院是不是变得有些太学究气了？——太遗憾了。不是什么都可以教会，有时，这样的善意或玩笑不比沉重的科学更有用吗？最隐秘的、最美的，只能凭借执著的爱和无声的努力得到，而不是靠论战。

要想赶得上安吉利科①，在作画前祈祷是不够的，相信仅靠精神力量就能画出一幅传世之作也是不够的。也许首先得有非常强烈的热爱。德加因为说了："不应该鼓励美术"，一直背上骂名，甚至死后也一样。

形式、色彩、和谐，虽然人们制造出那么多相互悖驳、相互矛盾的理论，有些充满智慧、有些却很疯狂，但是人们还是不怀疑这些绘画语言的表现力和影响力。

艺术是一种令人羡慕的发泄方式，它可以是强烈的忏悔，也可以是

---

① ［译注］Angelico（1400－1455），意大利佛罗伦萨画派画家。

意愿同极其丰富多样的表现手段的融合；可艺术是痛苦之源。多少人吹嘘自己能通过字迹分析、判定性格。可是几乎没人花时间欣赏一幅好的或是有争议的作品。显然，根据某些迹象或字形做出预测，比对一幅艺术作品做出敏感的判断要容易。

艺术家，有时你就像一棵再展花蕾的春树，沉浸在创造的喜悦中；或者在旱季、冬天已至，可怜的小动物躲藏在地下，因为你自出生以来就带着某种印记，你得沿着这条喜欢的道路走下去，再到另外一条路。如果它能带你到达令人渴望的目的地，它会非常艰难。

不带任何政治偏见，我那时要是有空会久久地看瓦尔基丽用她的长剑来保卫巴黎，并且将老卢浮宫的灰色线条斩断，她现在被旋转木马遮挡住了，或者是离她不远处穿着礼服的甘必大、杜伊勒里宫的茹费理和法兰西戏剧院的忧郁缪塞，当我再次看到埃及的斯芬克斯、教堂的残迹、或者文艺复兴的一部分，甚至与刚才我说到的现代雕塑相比粗糙的凯旋门，不过将他们做比较，有点亵渎神明。我在自问，我们时时刻刻、一遍一遍谈到的进步在哪里？

艺术作品会散发一种敏感而人性的诗意，可是艺术家，对他来说，这真的是事先测算、安排好的吗？随后他要为之做出解释吗？这些根本就不重要！重要的是要读他。支持者和预言者们的分类，要不断地修正，虚伪或可视的当代激情蒙蔽了他们。

爱天下的一切吧——光明是如此美好，中间色，甚至黑暗都很美。在痛苦和不幸面前不要逃开，就像被猎犬围住的鹿——丝毫不要让步，你非常清楚自己内心的感受，不要为不可靠的利益、特权、骗人的荣誉让步。

艺术就是选择，挑选，甚至是内在的等级。

摧毁容易，重建很难，但也有些人知道怎样传递一个错误的命令来得到前人的遗产；这太容易了。

我很顺从，但是每个人都有可能背叛自己，然后就更难默默地听从某些内心的呼唤，更难用一生的时间来寻找真诚的契合我们脾性、天赋的表达方式，如果我们确实有天赋的话。我说"没有上帝也没有主"，不是要拿我来代替被我驱逐的上帝。

做夏尔丹，当然还远远做不到，不是比伟大的佛罗伦萨人忧郁、苍白的光泽更好吗？

你刚刚睁开眼睛，找到了更好的你的表达方式，你却离死不远了。你看，那些人尽管互不相识，却只想着互相诋毁，有时通过捏造事实不停地彼此毁灭或者憎恨。

可怜的我，不过，所有的人在痛苦中都一样，有时会意识到，我们所处的困境多少有些相似，比想象的更相似。生活如此美好，却如此艰难、棘手、敏感，与我们所期望的相比，我们的愿望如此强烈，可要实现它们，又有多少不确定性。好在，我们不会为此狂热、焦虑、亢奋、不合时宜或者极合时宜。

给我点时间，让我想一想这些前人，我觉着他们仍然生机勃勃，可他们并不都是神童，拥有完美的工具。他们有些人在绘画方面更出色，他们早熟或者早衰，在某些不同阶段，发展缓慢，这并不是说，帕斯卡尔、莫扎特或拉斐尔，在他们正当青春年少时，没有说应该说的。

我在东方之门，在马赛这个旧港口游荡，在那儿，塞尚向着莱斯塔克出发了，身旁有一个穿蓝色或金色的黑人；孩子们继续疯跳圆圈舞，旋转得像三伏天里嗡嗡叫的苍蝇；卡斯托尔已经在海外的天空下朝着波吕克斯微笑。

更远处，朝着维夫朗什，一个可怜的女孩在卖芬芳的鲜花，她赤着脚，踏在细软的沙滩上，这双脚画得非常好。

恭顺路上，在被遗忘的小圣母像下，我想到了你，塞尚老爹，你以你的方式祈祷——尽管那么多预言者在他们的闲谈中对你的这种方式并不欣赏，也不看重。他们不是每天早上都在拯救艺术吗？可是夜幕降临，这个使命就已经被抛到脑后了……

"哦，痛苦，"初学者说，"我很早就尝到了你的滋味。"我们自脱离母体，来到这个世界上就是孤独的，往往在死的时候，精神也是孤独的——有些人自吹完全拥有这种好的品味和魅力，这是不存在的。当然，我们可以喜欢阿维尼翁的《哀悼基督》，或者兰斯的微笑，而不喜欢弗拉贡纳尔①，也可以喜欢某个 13 世纪不知名的画家的作品，而不欣赏布歇高超精湛的技艺。

噢，痛苦，欲望之花，往往要在深渊的边缘采摘它。

有些活动家，不安到如此程度，他们失去了平衡和理智，目的是为了证实只有能看到的、能称到重量的、能出售的才是存在的。

噢，快乐，你不是失控的、猥琐的狂笑，而是平静的、法兰西岛清澈小溪的水流，没有一丝波痕，只有白色房子的倒影。

"交了好运的人别无他求，"一些肆无忌惮的人这样说。

多不幸啊！"别无他求"，你们说。真是亵渎神灵啊："不断追求"，即使他们活三百年，还是要不断追求。

在光的某个角落下，今天同昨天如此不同。

不过这也许只是表象：自契马布埃②以来，什么都没有改变，这天空、这大地、这树，都没有变化。是你，随心所动，认为一切都依着短暂的印象变化。也许在某种程度上，你是对的，艺术家和敏感世界或传奇世界的关系，尽管有那么多徒劳的笔战，人们还是不了解他们的韵律，宁静或悲剧性的节奏吗？

---

① ［译注］Fragonard (1732－1806)，法国画家。

② ［译注］Cimabue (1240－1302)，意大利画家。

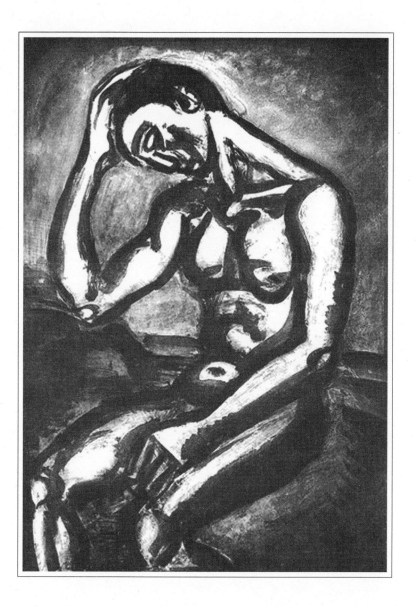

法国的面孔

这张面孔不在先贤祠，不在将近 1880 年，挂在墙上模糊不清的大人物的牌位上，也不在光鲜的官方沙龙里。

这张面孔是多重的，我们得忍耐到世界末日。

在鲁昂，老市场广场上，我想到贞德，想到了她的回答，让那么多著名的文学作品失色。

我想到了圣殿，它是老共济会员们用坚韧和爱盖起来的，而他们的名字已经无人知晓了。

这张脸，我还在这里找到，噢，佩居，它在人们呼吸着去往夏尔特的空气里，在柯罗爱过的灰色天空下。

美丽，朴素的石头，无名工人的谦逊印章。

像那么多生来就可怜的人一样，对此，我从不避讳，也没有那么多可炫耀的，我去过的地方很少。

我这样的穷人不祈求做欧洲人，也不祈求做世界公民。

　　　　昔日彩绘玻璃的小小学徒，

　　那纯净的玻璃

　　每每划破你的手指。

　　你娇弱虔诚的手上

　　闪耀过红色、暗色和火焰色，

　　还有金黄和古老的云青色，

　　深沉若太平洋的波涛。

　　先辈们心知肚明

　　他们的作为，

　　并不是我们想象的那样智慧，上帝为证！

他们丰富的经验

家族式、凭眼力、凭手感的经验由父及子，

从师到徒，

佩居，善良的夏尔特人，我追随你，我理解你。

　　远离地球的征服者，我还可以审视（为此不会忘记格列柯、伦勃朗、格林勒华特）阿维尼翁的《哀悼基督》，兰斯的微笑，——与《蒙娜丽莎》相比，我有点偏好它，即使它有些残缺 —— ，夏尔丹的小《饭前的祈祷》；还有我们华托的《发舟西苔岛》；柯罗老爹的这幅浅赭石色路上的《旧桥》，在凡尔赛，《勒诺特》中花园的透视，法国画派众多的作品，如此多姿多彩，当然不能忘记塞尚。

　　请原谅我，当这样的不幸降临到世界，我还在这儿喋喋不休地讲我孱弱的个性，在我们热爱的秩序中，如果我说的是与不幸相伴的我，其实，我想到的是你，真的，可能想到你多于想到论坛上那么多词藻华丽的演讲。

　　给我们，你才华横溢的儿子，过于谦逊、朴实、安静又勤劳的法兰西，不让你显露真面目，在遥远的国度，在虚假的容貌下。

　　这个现代的法兰西，深居简出了将近 70 年，经历了三次战争，噢，温柔法国，我的祖国，对于你来说，我是老父亲怀抱里被遗弃的回头浪子。

晚　星[①]

◦漫谈

机器，攻入天、地、海洋之深处、沙漠之轴心。以一种无所畏惧的姿态，搅浊清晨的空气。

一切都越来越快了。尚未来得及叹息，就已然烟消云散。机械时代里艺术的存在难道不是一种偶然的奇迹？

某位智者曾曰："神秘不复存在了。"人既可以智慧同时又可以无知。在艺术家肆意驰骋的精神原野，一切都无以估量。但这片原野存在一种真实的秩序并被其统领，真实地比仪器精确的衡量还要更甚。

伦勃朗苍迈的眼神，贝多芬紧闭双目的神情常令我感动，正如这个充满荡气回肠的传奇故事的世纪带给我的感触一样。美丽的事物总是以隐密的面目示人。但它值得我们用尽毕生精力去找寻，哪怕直至生命之终点。尽管找寻的途中荆棘密布，困难重重，却总伴有隐秘而深沉的快乐。

即便是才气过人的帕斯卡尔，在谈论绘画的时候也会出错；我们不应当在自然面前班门弄斧。

虽言太阳底下无新鲜事，但事在人为。我们完全可以用另一种方式，一种与先辈们不同的方式去歌唱。

大师的心灵若枯竭，双手就只是一个有自觉意识的听话仆从。

古老的人体各部比例标准，精妙的比例，希腊雕塑的尺寸，这些都

---

① ［译注］原文为拉丁语：STELLA VESPERTINA。

远远不够。如果我们拥有这门古老雕塑艺术的其余所有精品，就会也有一个循规蹈矩的假希腊。若眼睛不再观察自然，心灵不再感受生活和人作为动物本质生命特征的运动变化，我们就会打着美的名义而迅速跌入一个陈腐的陷阱。美的韵律无处不在。

同样，随着时光流转，眼睛虽达不到像某些浪漫派艺术家所设想的那样，把丑恶的事物看作是美丽的，但它却能够从日常景象中提取出各种形式。这些形式映射了生活的万千变化，同时也从生活本身提炼出令人感动的力量。

即使拉斐尔再生，他定然不会重复做以前他曾创作过的作品。然而他的那些模仿者们却还孜孜不倦地做着这些错误又无用的活计。

法兰西研究院和卢浮宫之间，是塞纳河。

对于一个画家而言，绘画，这是多么大的乐趣！

我不敢说，在某些人看来，我将会是一个可怕的画家。当在蒙特卡洛的那些身着花饰的跳芭蕾的俄罗斯女孩随着律动静静地翩然起舞的时候，当我耳中回想起《浪子》的美妙音符的时候……这流畅伟大的节奏，让我多么欣喜若狂。我仿佛看见整个芭蕾舞团流动的画面：那舞台的帷幕、那些浅浮雕、那些三角楣还有乐曲都统统刻进了空间里。灵魂也早已被这些肉体的舞蹈带向了远方。

在垂直绚烂的光芒中，在水平延展的节奏中，所有肢体随着集体的韵律曲折伸展。

对于一个画家而言，最大的愉悦莫过于此！

1897年莫罗去世之时，我尚未满三十岁；那时创建一个绘画学院对我而言其实并非难事；人们也让我这么做，但当时我还自认为太年轻，尚未经历足够的艺术和生活上的锤炼，因此我一直犹豫不决。我曾想尝试着（这是我备受批评的一点，不过也可能是我唯一的优点）不受某些大家的风格影响而局限自己。尽管对于他们我有着无限的崇敬，但也因为这种崇敬的感情……

除了一些细枝末节的问题，人生中有一些时期度过得极为充实。

只要想到精神使人永生，想到文字会谋杀一切，想到仿制的作品连一个孩童的呀呀学语都比不上，就能创造出伟大完美的作品。

　　上了年纪的老工匠把全身心的热爱倾注在自己的工作中以及自己的石头或木头制品中。在当今这个时代，建筑师、画家、雕刻家一起理想地合作已经成为一种被废除的理念。在这样一个时代，一位无名工匠能够做出一项伟大的杰作，难道还比不上那些伪君子？教堂艺术是集体的智慧，也是个体的创造。但想要人工地再去创造出这样一种存在的形式，包容着感觉、理解和热爱的形式是不可能的。我们可以做别的东西，但这种凝聚集体智慧的艺术用信仰，用我们所熟知的信仰去改变了的事物，是无法再重做的。

　　只要持编号车票就能登上公交车。但我们不能像登上一辆公交车那样进入一种传统。这需要一种隐秘的情感联系。

　　今时今日，存在一种彻底的遗忘。某种力量和精神价值被彻底遗忘了。有一些不成文的规则，不违反它就不会受到惩罚。但我们对这些规则的了解越来越少，尤其是当你把全身心的智慧（仅仅用心是不够的）、耐心的情感及表达都倾注到自己的事业中去时。我们的艺术在两个世界寻求平衡：一个冥想（过时的字眼）的世界和一个客观的世界。这二者既相互融合，又互为一体。

　　形式和色彩的语言始终是一个有待开发的王国。即便前人已获取了诸多成就，我们亦不能骄傲自满，止步不前。

　　知识会让某些无知的人飘飘然，而那些尚未被了解的知识则会让正直沉默的学者欣喜鼓舞。

　　若要到达"乐土"，需要持久的、不屈不挠的努力，有时甚至是悲剧性的付出。只有那些到达的人是幸福的。钻石可能隐藏在一堆矿石的杂质中，而我们却误把它当作石块从脚边踢开。艺术是潜藏的源泉，是沙漠中的绿洲。我们以为随着时光飞逝就可以最终无所不晓，却全然不知最重要的是，要去爱那所有生活在天空下的美丽事物。一些先辈们尽管看问题过于简单，对于这一点却是非常清楚。

　　翼羽生辉的鹦鹉，耀眼开屏的孔雀，很多艺术家都不过此类。人们却把他们一生的时光都浪费在观看这些孔雀和鹦鹉你争我斗上了。

从内心深处来讲，我们谁都欺骗不了，除了我们自己。阿谀奉承者和受其追捧者，艺术品商人和买主，评论家和艺术家都会有朝一日远离尘世；惟有作品永生。有某些早期艺术家，人们对他的了解仅限于他画的作品，而多少当代人的生命力与之相比是多么微乎其微！

一些艺术家擅长从就要把他们置于死地的苦难、甚至是物质上的穷困潦倒中提取好处。听听这撒旦的声音！他愚蠢地想要把这苦难的土地作为诱饵奉给耶稣。耶稣的力量就是他的结局。这就是为什么他要向这些人布下这么多的灾难和恐惧……我就像一个无人慰藉的老仆从，被误解，被诅咒，厄运连连。无半点夸张地说，称得上"艺术家"的人的良心，就像是无法治愈的麻风恶疾，在无尽的折磨苦难和偶尔沉静的快乐中自相承受。当闭上双眼，好几次，我仿佛听到从远处飘来的音乐浪潮。我在绘画的诗意世界中逃跑，沉浸于寂静中。这寂静中装满了画面、声音、比北极还要荒凉的广阔大地、还有那些隐密的小树林。就像在安吉利科身上所看到的那样。但我们总是对那些假想的，不能亲见的事物产生畏惧。

乐天派的画家！……为什么不是呢？曾经我是那么快乐地，疯狂地画画，全然忘却了最痛楚的悲伤。评论家们却觉察不到这一点，因为我的绘画主题都是悲剧性质的。难道快乐只存在于人所描绘的主题上面？

这个将艺术用铁丝网层层包裹的所谓法国品味新近又卷土重来。那浮夸的华丽词藻低廉粗俗到即便普桑访问官方沙龙也不会知道人们夸夸其谈所谓的秩序和标准为何物。人们批判所有具有活力的思考和见解，渐渐远离了生活本身。

我从不与此辈为伍。他们生来谨慎，一听说精神上的利益行将截止就颤抖不已。在我们这个国家，掠夺的需要不会比冒险的品味更容易被人理解。但即便是自相掠夺难道不需要一个相当富裕厚实的基础吗！

平庸之人总害怕成为不了他们自己，所以无可救药地成为了平庸之人。

绘画主题永不会过时。一切只取决于谁去仿造。某些预言家宣称，在创作《悲骨》、《阴暗的大地》和《悲伤的小丑》时，我就像耶稣基督受笞刑一样虔诚，因为那可能正是我自己的写照。这有可能，但这贬低不了什么。在我看来，我能够处理好这些宗教或是神话传说的主题，这是无法贬低的。

绘画并不因其主题是现实的就是现代派，其主题是歌颂英雄的就是传统派。描绘妓女的绘画并不一定描绘色情。带上头盔并不一定就是消防员。

评论家们取笑塞尚老头的这句话："轮廓躲着我"，并用安格尔的名言来反驳他："绘画是正直。"在他们眼里，这位艾克斯的大师在这里被审判。然而，依我拙见，他站得更高，他把矛盾都举在他和我们的上方。这句简单明了的话其实正是整个绘画的写照并超越于世，永存于世。

我们有柯罗与华托的一些极富吸引力的画作。而那个忧郁的佛罗伦萨人①，却把风景一直看作是第二区域的艺术。

或许我们再也无法达到《最后的审判》的高度了。但伟大不在于数学比例的大小，也不在于什么样的绘画主题，它在人的眼里，脑子里，在艺术家的手里。

"风景就是一种思想的状态"，某个文人曾云。但这并非一个让画家就此创作感性文学作品的理由。那需要感性和敏感。风景的背景与人物风格完美地结合在了一起，也不失其伟大之处。

德加这样描述中国或日本一所老学校的授课情况。人们给一个摹本：一朵插在花瓶里的花。学生必须在固定的长时间内临摹这朵花。然后时间缩短，学生再次临摹。最后，桌子、花、花瓶统统撤走，学生要从记忆里回想并临摹……这倒可以用来解释安格尔关于眼睛的文化的那个句子。自然界的环境如此丰富多元，各有所价值，又各有细微差别。这使得分清层次成为肉眼直接观察的必须选择。

人们热爱大师级人物或者热爱自然，但从来没有去量算过其中有多

---

① 此处所指人物为米开朗基罗。（N. de l'E.）

少主客观成分或利益的成分。在我们的艺术当中有那么多不可估量的因素。一些人可以临摹得惟妙惟肖（他们的天赋在于热忱而专注的分析），而另一些人则能够在一片静无风浪的海面上探险。他们是否还把自然当作调节器？啊！我相信，因为害怕掉进古旧的、循规蹈矩的、诡计多端的囹圄中，他们很多时候都是如此。自然使一些人沉醉，又使另一些人沉睡。但即使是描绘神话艺术，对自然耐心而持久的观察也和呼吸同等必要；而这对于所有能够对得起艺术家称谓的人来说，观察自然、体味自然其实是一种多么美妙的快乐啊。

是什么成就了歌声的美妙？是歌声从启发它、改变它、使它变得美丽的事物中解脱出来，故而如此。

认识居斯塔夫的时候，我对于绘画手法的了解还属于懵懂状态。在初次几回会面后，他看着我那些带着缺陷的作品，抬起胳膊伸向天空，对我说："啊！您喜欢材料，那我祝您好运！"就好像一个放射科医生说："您患了胃癌，可现在任何一种药物都治愈不了，我们能做的只是让您不要那么痛苦。"既然如此，那我就不要那么坚持着把它治好了。

我知道，对于物质，人有肉身的渴求。但皮肉之下难道不是肌肉和骨头？若带着焦虑和过度的激情过于妄求这种抽离了物质的"果肉"，恐怕我们只会制造出一种无脊椎的艺术——虽有乐趣，但许多其他重要的东西都被遗忘了。

还有莫罗说过的"伦勃朗绝美的烂泥"。伦勃朗式的悲剧给情愿庸人自扰的人类打开了一条大道。然而某些早期艺术家因为别的理由还称得上不错。他们的作品风格出自意大利的一些小流派，闪烁着镶银镀亮的精致光芒。我敢说某些人则会放弃这种方式，像保罗·乌切洛一样，带着他那燃烧沸腾的火红色，发出英雄般嘹亮的声音。

如果铺瓷砖的工人有上千种颜色可用，那现代的画家比起古人来同样就有了更丰富多变的选择。这并不是为了说明我们完全有可能做出一个快乐的选择。但事实上找出一些新的色彩色调根本就毫无用处，关键是在于知道怎样去描绘与调和搭配这些颜色。

颜色以小管的形式出售，但却是由我们去调和色彩，让其符合整体的和谐。随着我们前进的步伐，或者说是假想中的前进，我们在各个方面都变得沉静而镇定；当我们了解得越多，就越会发现到我们的无知。

退隐于世，相信能够寻找到安宁与和平，这是一个什么样的赌注！除非你胸怀另一个世界。这个世界赋予最悲悯的事物以美丽，赋予它们天堂的芬芳。

光芒，只会闪耀于内心，而不是表面。无上的善良，就是自我最纯粹的馈赠。当你们只给予所拥有的财富的剩余，就以为自己已不是荒诞的富人，而你们恰恰就是。

一些隐秘的情感让孤独无止境地纠缠着人类——那些行动中的人，孤独才会远离他们而去。

噢！可怜的莱昂·布卢瓦
心之所想无人共鸣
向我们打开那天堂之门吧
你赤诚之心所爱
却是别人之所不见
难道我们不是这世上最可怜？

财富和虚假的欢愉都带有病态的味道。较之精神财富，它们始终散发着腐尸的臭味。

前贵族们对我作品的官方见解如下：丑陋的始作俑者、仇视女人的、病态的、碰不得的（此时我还尚未感受到这灼热熔液咆哮的力量，这隐藏在我某些作品下的暗火，我也还没有属于自己的理论、问题甚至是论点）。

在这个懦弱又食肉成性的世界
在这个罪人心里
在这个正直的人心里
在这个无神论者心里

我只爱那没有重量的
那转瞬即逝的
形式、色彩、和谐
宝贵的绿洲

形式、色彩、和谐
高高在上
抛开一切世俗标准的衡量
三位一体的神
使盲眼的人睁开双目
也赐予最双耳不闻的人以快乐
或是更深的痛苦

在作品里我不想避开伪君子、政客，以及其他的人物。我没有任何盘算。我的色彩和形式只是我想法的粗糙外表，它们和我的想法，或者说至少是我的感觉相得益彰。但我从来没有想装出一副思想者的模样……那不是我的使命。

一个人独笑，没有什么表面过得去的理由，对于某些人而言这简直是疯癫的标志，但对于另一些人而言则是智慧的标志。很多人花费高昂代价只为博得孩子一笑，只因那笑新鲜有趣。而他们对死亡知之甚少，以至于否认了它的存在。

热爱自身艺术的画家是他自己王国的国王，仿佛置身于小人国，而自己就是小人国的一员。他把一个女厨师变成一位仙女，把一位贵妇变成妓院的胖女人，只是随他所想和所见，因为他是先知者。他看见了生活中的点滴，仿佛看见从活着的人身上过去所隐藏的一切。

喔 受磨难的耶稣
他画是为了忘却
这《无可逃脱的忧郁》

远离这个阴暗的、虚假的世界

他静静地离开了

朝着那片心中的福地

他日夜兼程

朝着那片福地

一切都和谐无比

在眼里，在心里，在灵魂里。

　　艺术家可以同时是平民和贵族。基本功要扎实、过硬，可以经得起"任何文学上的评论"或者智慧的论断的考验。因为这里面有艺术的感性和智慧。

　　艺术家，疯子？……事实上，他比国王和皇帝都要更加睿智。噢，威廉，噢，俄国沙皇，您把您的王国变成了什么？我们这些人，明天就会死去，可是还会有生者前仆后继。他们不是那些虚荣贪婪、浪费祖先财富的继承者，而是精神的子民，将永垂不朽。

　　艺术家忘记了所有的序言：自己的，还有别人的。当他站在自己的画布跟前。他什么都忘了。

关于神圣的艺术

○ **回复一项调查**

问：您是否注意到在"现代"艺术，也就是现行艺术和通常被用于教堂的艺术之间存在一种差距？这种脱离（同样在世俗领域中也会出现）在宗教领域是否特别让人遗憾呢？这种现象的根源是什么？您认为把现代艺术引进教堂艺术的理由又是什么？最主要的原因难道不是像过去的时代，我们必须向神供奉它认为最珍贵的东西以及那些最能够表达自身价值的事物吗？

答：不是因为现在的就是现代的。的确，不错，但这并不是一个差距而是分歧。您所觉察到的这个深层误解的原因，应当（在世俗的领域里）把它找出来，比方说，在布格柔的《山林女神》和安格尔的作品中存在的这种脱离中把原因找出来。在谈论到布格柔和马奈的一次会话中，莫罗总结说："一个是艺术家，而另一个不是。"这就是当今时代所一直存在的误解。

安格尔非常长于线条的表现。但你们不能去要求他像某些早期艺术家一样给出绘画作品的宗教意味，甚至比如说给出岩洞壁画的宗教意味；我想到了那些岩洞里壁画的精美的构图和轮廓，以及那些描绘原始牧羊人绝妙的线条。

看看布格柔，旁边是塞尚。比方说当我们看《山林女神》，就会发现这里面包含着经验，但却是糟糕的经验，可憎的经验。

在这些作品当中有一个不值一提的优点，但显然也算是一个优点，因为也不是所有人都能做到的。但是这点让人们把它和古代大师的名作混淆在一起，因为再也不会有这样的作品了。

现在，谈一些相反的意见。造成这种脱离的原因来自于那些 1900 年左右在艺术上取得辉煌成就的人。我们经历了一点小小的"回流的冲击"。应当体验一下上一辈人的经历才会知道有那么一个独一无二的沙龙把马奈和库尔贝都拒之门外。

把现代艺术引进教堂？

这可不像是用支神奇魔棒一点就能完成的事情。首先要从热爱绘画开始，其次，当我们热爱绘画，人就会目光长远，心智明朗。

热爱绘画的人是多么少啊！太少了。

要向神贡上艺术家认为是最珍贵的东西，艺术家首先应当有权利去这样做，并且这某种艺术，恕我直言，对于那么多受教育或未受教育的同胞而言不应当是一门外语。我认识一些非常博学的人，他们对形式、色彩、和谐毫无感觉。而一些没怎么受过教育的人，与古人甚至某些现代派相比，对绘画却有着出乎意料的感性嗅觉，

我们可能信仰宗教，却同时却什么也感觉不到。我们能够祈求着尝试让我们更好地感知，但这与天赋有关。这需要非同寻常的天赋，尤其是关乎到神圣艺术。

问：这种（天赋的）缺乏让人恼火，那怎样才能补救呢？在当今这个时代，怎样才能靠近做真实艺术的信徒的标准呢？神职人员在这方面又应该有怎样的作为呢？

答：在艺术领域，有一些问题需要长期的、坚持不懈的、热忱的努力付出才能解决。在于斯曼和我从里格热回来时，正是天主教会和政权脱离的时候，他想像着某些艺术家能够通过长久不懈的努力，远离荣耀、恩典、官方的赏赐以及沙龙场所，最终走向隐修院。

一旦碰触到稍微连贯而坚持立场的见解，现在这个时代就马上混乱起来。

当人们不再相信精神的力量，当物质的力量过分明显而伪善地占了上风的时候……人们就会寻思着原子弹会不会是新的宠儿……

问：对于教堂的装饰（绘画、雕刻、彩绘玻璃窗等），您给它指定一个什么角色？另外对于它的结构呢？在这里能否给那些非形象艺术一席之地呢？

答：形象也好，主观也好，不过是外在的标签。"我几乎同时是主观和客观主义者"，某个不知名的画家曾这么说过。

莫罗在游览戈博兰区期间，对制挂毯的工艺和原料很感兴趣。回来之后他对我感慨道："我可怜的孩子，他们拥有前人拥有的一切，甚至比前人拥有的还多。可是，唉！他们能做的画生动无比。可关键不在于拥有多少原料，而在于怎样把五、六种色调搭配在一起。"

问：在什么条件下艺术才能进入教堂？它要求什么样的"拍卖细则"？尤其对于信徒们而言，（艺术的）可读性难道不是基本必要的吗？

答：条件就是，静静地。双膝跪地。

那些继承我们事业的人，如果人们以后还会谈论到我们，他们的评价定和那些当代人截然不同。可怜的《塔》！可怜的柯罗，带着一副孩子气的甜蜜笑容，本爱吃鸡翅的他却啃起了鸡骨头——没有去卖呢绒，而是从事绘画已是一件过于幸福的事情了。

昨天，正因为华托的"（热尔桑）画店"，我们才更好地意识到他也曾作过《发舟西苔岛》这样的佳作。但确切地说，在他有生之年，似乎布歇更受大家认同。

就这一点，塞尚说的很对："这是布歇没想到的。"

问：您是否认为通俗称谓的"圣叙尔匹斯"[①] 艺术今天并没有获得

---

① ［译注］"圣叙尔匹斯艺术"是一个有双重意义的词汇。确切地说，叙尔匹斯艺术指的是那些在巴黎圣叙尔匹斯教堂附近的专营店里贩卖的跟宗教相关的工业品，它是工业化艺术、劣质商品的代名词，这种枯燥乏味、矫饰气十足的风格一定程度上保留了官方正统艺术的特点。我们可以把该种艺术理解为对每次宗教艺术革新的复制后的赝品。

那些多少受过教育的精英的认同，尽管这种艺术已经被广泛地传播开来了？在这种情况下现代艺术的两大敌人是否还依然存在，学院派（伪传统、消逝的传统）以及更可怕的令人误入歧途的伪现代主义（从早期艺术家那里拿来的词汇，早已失去生命力，成为陈词滥调）？

答：圣叙尔匹斯艺术并不存在。学院派？四分之三的学院派们向我们明确表示他们是古典派。学院派没有消失吗？它从灰烬中重生，永远称自己是古典派。

换句话说，诚然，有一些老伙伴人们已经不再记得他们的名字。不是为我们，主，不是为我们，而是为你之名赐予荣光！（Non nobis Domine sed nomini tuo da gloriam.）

用这句话就可以为这场论战做总结。我们不谈神圣艺术，我们做的就是。

可怜的梵高

　　远离那些因循守旧的人，远离那些向成功献媚的人，他们不管这成功从何而来，不管这是什么样的成功，无论什么制度体系，他们总以最热烈的姿态去欢呼庆祝。你默默地、静静地在这片交织着无边苦难的海洋上航行，而绘画的快乐也亦伴着你前行。你在波利纳日流浪的那段时光，我更清楚地认识了你，愿意毫无保留给你我之所有，虽然我还尚不能很好地去理解你的作品和才气。

　　上帝怜我！正是这精神的孤独求索将你抬升到如此高的高度，你又怎么可能会被某些画家或是芸芸众生所理解呢？

　　我，一个生于贫苦旧郊区的苦孩子，每当我忆及在你那太为短暂的一生中，在我的国家法国，你最终寻求到与绘画艺术上的完全交融，然后就离开了这个世界，我又怎能不为之感动？

　　当人们以一种内行的眼光重新审视你的全部作品，看见你沉浸在一片越来越感性和生动的色彩的狂热之中时，他们都是幸福的、非常快乐的。他们不会忘记你的前辈们，虽然经历过那么多的曲折和不幸，你却能在如此年纪就到达成功的彼岸。他们也从没有忘记你那亲爱的弟弟，也从没有忘记这种绘画艺术的精髓。

诗

歌

小诗三首

○母　亲

去吧，老母亲
不要灰心
轻轻地上路
永久地去吧
养育的这些好儿女
后来却统统抛弃你
就好像扔一块旧柴火
当寒冷侵蚀灵与肉
就把它丢进火里
黄土埋葬你之前
蝰蛇们将送你上路

乞求那狗的善心

上帝怜我

小矮子
伸给我 你的手
如果你的胳膊短到无法给自己揩鼻涕的地步时
我来助你一臂之力

你的步伐
在风中颠簸摇晃
宽大的衣袍在身上左右晃荡

秋天那萧瑟的风
穿过你褴褛的衣衫
枯叶在风中翩翩摆荡
尘土蒙蔽了你的双眼

你那瘦小的身影啊
惧怕这寒冷
可怜人中的可怜人啊
眼屎还粘在眼角
天天这样的奔忙
难道你不是流浪的犹太人的子民吗

艺 术 家

他刚刚从那张荨麻床上走下来
那张他睡了一辈子的床哟

死神就将他带走

明天又该是多么美丽哟
他哭泣着吟唱
这颗心还充满着热忱呢
像圣体一样神圣

面前的道路
洒满了祝福的话语
路过的魂灵
淌下耀眼的鲜血

终于到达终点
房门为他而敞开
这是恩赐的避风港
无人会再询问
住地、出生、去向何方

○忏悔的祈祷

吾妹，安静的你
你知晓
那终止的乐章

城市在熟睡
在这喧闹的落日

我的至亲父母
未曾去过那乡村老师的学堂
你们就知晓
那传说中神的语言

年迈的老母亲
人们让你哭泣的时候太多
你太多地照看我们
身影一天天地在蜷缩……

那隐藏的美好
我找寻你很久了
最终能找到你么

母亲的双膝上

苦难的孩童被宠爱

不要相信光明的儿子

人们都几多疯狂

继续沉睡吧

直到下一次战争

○夏 娃

这个最被人敌视的创造物

透过她深邃的眼眸

一个声音在哭泣

透过她深邃的眼眸

这个令人不快的

甚至是邪恶的创造物

耶稣 你依然在心中

家教严厉的女孩子们

被人陪伴监护、引导

从不会去评判玛大肋纳①

淫荡的母狼不知疲倦

在平静午后的树荫下

正做着胜利者游戏的美梦

忘记了天高地厚

---

① ［译注］Madelaine，《圣经》里悔过的女罪人，新教称之为抹拉大的马利亚。

被掐死在床前的角落
卖弄风情的女人
看破一切
你身体里疯狂的女人
不要再邪恶气恼
让你贴近琥珀色颈背的耳朵
不要听见
缠绕在你黑丝辫间的蛇的蛊惑

我要去天堂了，她说
我已经很好地养育了我的孩子
就像我自己很好地被养育一样
我有灵魂的承载：精神的，瞬间的
我留给他们所有的物质财富
啊！我的孩子们，你们知道
他们是永远不会满足的

                              *
                            * *

我要去天堂了，她说
带着柔和而坚定的安详

                              *
                            * *

眼屎斑斑，缩成一团，瘦小可怜
小老头
构成一处别样风景

麻风缠身，白点斑斑——
沙龙里
几个可爱书生
响起一句"滚开"

*
* *

漂亮太太过来了
如果还爱护你们的牙齿
千万别让它们掉下来

*
* *

轻风之歌
我从不知晓吟唱
在这个我出生的国度
悲剧便是那光明

*
* *

我的小老头
你的胳膊去哪呢
孩子嬉笑着对老兵说
憔悴的脸上
一丝阴影掠过

*

　　　　　　　　＊　＊

　　冰冷的心，紧闭着眼
　　法官紧盯着囚犯
　　谁又会来称法官的重量

　　　　　　　　＊
　　　　　　　＊　＊

　　悲伤的新世界在啼哭
　　新的建筑
　　不会再那么朴素
　　天空纯净
　　安琪儿却痛苦
　　午夜敲响了：
　　孤独，肮脏的生活
　　所有苦役犯梦想着去爱
　　在离开她之前
　　只为搏她一笑

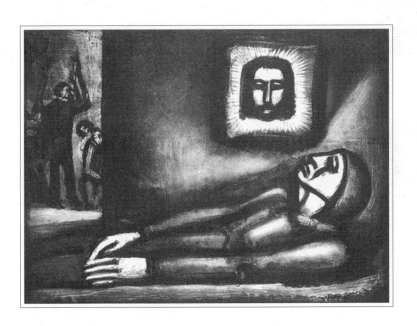

传说的风景

这古老世界 不安又粗莽
在西方的东方新极乐火山
以舞动的姿态
平和地转向虚无的方向

平底的驳船
被迟钝笨重的马儿牵引
缓慢地前进
船员的女儿
轻柔俯身 向着水面
美丽赤裸的臂膀
扬起在光滑的额头
作镜梳妆

晨雾中的圣母院之塔
我依然看见了你
划桨的好手
爱你之心诚成
晨曦就出发
到天堂再醒来
即便挨饿受苦
勇敢的灵魂自由奔放
之后再沉沉睡去
就像你

远离了夜晚的噪声

会睡着一样

夜晚的繁星，紧贴着我的眼皮

父亲母亲的可怜乞丐阿

最后再看一眼

那受苦受难的耶稣

当三钟经响起的时候

农民弯曲的背影在沟壑劳作

他再也发现不了自己

夜晚的家庭聚会

他再也不读圣经

理性和良知照耀了他

他以为学会了自由地生活

自由地想 自由地争辩

疲倦了徒劳的祷告

再没了力气和深刻的信仰

再没了那颗天真质朴的心灵——

谦卑地无声祷告

希望像被钉在十字架的耶稣那样去承受磨难

指控被告的罪行

城市入睡了

在喧闹的铜色落日的余辉里

城市入睡了

孤独梦境里的假想城市

在静谧的影子里经过

救世主来了罪人走掉了

冷漠疲惫地走掉了
他的律师
只有那惨白无力的字句
去辩护他的清白
一个满面通红、嗓如雷鸣的人
站了起来
以被忘却的受难的耶稣的名义
为社会辩解

圣母
从小酒馆到医院
雷利安看见了你
从我们坚硬而脆弱的内心里
从我们可怜的感官里
看见了你
真诚而又至高无上
你的笑容
让人活下去，也会让人死去
古老法兰西的善良人们看见了你
你是如此生动、如此愉快
他们也跟着带上了一抹和善敦厚的笑容

他们和他们的孩子向你微笑
质朴、淘气
夹杂着放肆的言语
今时今日他们经过时没有朝你看上一眼
——他们终于到达了——

流星马戏团

悲剧的抑或是平静的画面图景
清晨四处征战夺得金羊毛凯旋
夜晚荣耀褪去，伴着苦涩入睡
双目紧闭着——疲倦不可抗拒
心，你说什么，我怎么听不见？

法国的孩子们
从北部到中部，从东部到西部
一直航行着
和平又快乐的胜利者们
冬天朝着那太阳的方向
春天朝着那绿色的平原
朝着那宽广的海洋
缓缓前进
我，被孤独栓系的人
一如既往地艳羡你们
思念那片绘画的土地
就像农民心系他的田地

你，有两道漆黑浓眉的卡曼其塔，深褐色的皮肤，步伐轻柔，像猫一样矫健；黝黑的阿玛杜拉，两条又细又长的腿，一双杏仁色的眼眸——你天生卷曲的头发，散发着一股杏仁糖的味道；你们、卡尔萨文娜、瑞萨、埃德尔嘉，如同那苍白的晨曦、温柔的苦涩、平静的清晨；以及你们所有人玛丽特雷斯、

阿涅斯、热内维娜、玛格丽特、来自各个国家含苞待放或待嫁
闺中的妙龄少女，褐发、金发或是红棕头发，微笑的或是胆小
怕生的，在这苦难的土地上，连一片风中的羽毛都要重过你
们；你们，黝黑的驯兽师，脚踏红靴，配着金胸饰——没有了
某些一本正经的大夫、经济学家、气象学家、道德家、清教徒
以及那些书呆子的照看，你们是否还是那些发了疯似的公狗母
狗——只有你们，小丑和芭蕾舞演员们，我向你们高高献上这
些彩色的图画，希望它们像阵雨过后的鲜花一样色泽鲜艳。

《悲骨》，告诉我，我们从这些印第安人的快乐里拿走了什
么？不只是一件备用衬衫吧……

塞纳河有它的床。这个疯子顽强抵抗着这一身紧裹的戎
装。获得桂冠的文人往往付出的代价高昂——无名的战士用官
方的言论将他们死死捆绑，它驱使塞纳河流向遥远的神话的彼
岸河床，远离那些空洞的虚妄。

上帝或者主宰
这个爱开玩笑的人说
谁也没有千条枷锁附在身

《悲骨》，我的伙计，我们处在狗的阴影下，这群被耶稣鞭
笞的狗，无比忠诚；我们马上就准备回击，但是现在，魏尔
伦，你听得见我，我们是爱着那孩子的母亲。

在马赛，这东方之门
谦卑的宽街，静悄悄
靠近那最有名的布特里大街
在那被人遗忘的小小圣母像下

我为你祈祷，塞尚前辈
在这悲伤阴郁的天气里
海峡那边的堂吉诃德
离这个自以为是进步分子的孬种远远地
可敬可爱的疯子，加入我们吧

从哪里跌倒，就从哪里爬起来
塞尚激动地如是说
有付出，就有收获
——或是没有收获
他低声如是说

挥动他的画笔
和画笔一起，你才能战无不胜
他微笑着如是说
不要想太多过去、现在或者是未来

*
* *

小小丑
不敢进来

—"在这就是在你家"
女骑士对他说

—"在我家"孩子重复着这句话
带着兴奋
"在我家"

—"在你家"富特①重复着这句话
声音低了下去

彬彬有礼的小小丑
纤细的手臂缠着脖子
一边哭着，一边笑
这么长时间的曲折旅行
这个传说中的犹太人
顶着逆风逆流艰难地前行

就在鼻子底下
他听见有人闲谈
"他无父也无母。"

当他不知所措的时候
可以向谁托付他的梦
那个阿姆海蒂马戏团的老收银员
尖刻地回复他：
—"猪孩儿，你做梦吧，我可是从不敢做梦。"

—"在这就是在你家"女骑士对他说
她就像大地上一只轻盈的蝴蝶
在消失之前 飞向檐壁
在被赶时髦的观众欢迎之前
她向这个小演员
送去一个吻

---

① ［译注］Footit（1864－1921），英国白脸小丑。

百分百的乐观的人儿
热烈又快乐
幸福亲切、心满意足

*
* *

挨个地
浪漫主义
野兽主义
立体主义
俄耳甫斯主义
未来主义
菱形主义
明天为什么不是古典主义呢？
瞧你是多么富有
我亲爱的儿子

*
* *

我聋了
再也听不到
一丁点的声响
哪怕是胜者荣耀的呐喊
哪怕是输家失意的呻吟
哪怕是时钟的敲击声
只有心脏
在夜晚跳动的声音

◦祈 祷

巴黎圣母院
我的主人
这个世界始终战火纷扰
不要憔悴消瘦
仿佛忧伤的皮肤？

我这可怜的朝圣者
不要整个年度
都过度思考
少点口若悬河
怕是我疯狂的奢想
即便以谦恭的面目
我那固有的骄傲
始终以直立的姿态
不要评价我的行为
也不要评价我那尚不完善的作品
但在我的意图方面
请用一种好点的语调

好圣母
请拉着我的手
像拉着一个乖顺的孩童
在看不见的深渊面前
谁站在路的边缘

我们的前辈

从不为他们从事宗教艺术
自吹自擂
为了荣誉工作
却不吹嘘荣耀
鼻子只低向作品
一颗诚挚的心沉默无语
向你们致上最持久的敬意

"不是为我们，主，不是为我们，而是为你之名赐予荣光！"
刻在已完工的教堂的屋顶上
老前辈们
名字早被人忘却

*
* *

她出生在德穆兰大街
一位外省太太这样说
好好想想吧
这可是个穷光蛋的街区
只有魔鬼才会光顾
在那里发号施令

她的名字叫做赛德丽
没有意义还是没有意义
她既不美丽也不讲礼
街角杂货店老板这样说

——耶稣出生在马厩里

在十字架上去世
贞德离开了父母兄弟
还有那铲头木棒和卷毛羔羊
给那脆弱善良的嫡子加冕
最终死在了火刑堆上

在能出生的时候诞生，夫人
在能去死的时候死去
不要闷闷不乐
一百岁的时候
你会躺在柔软温暖的床上
而其他的人
只能在悲伤的旅馆
顾影自怜

　　　　　　　　　*
　　　　　　　*　*

天晚了。母亲在那儿
父亲还没有回家

孩子们打着呵欠
或是在那低矮悲伤的房子里
疯狂

有时
透过窗户
人们看见他们
细如鸡肋的脖子

月亮在闲逛
在那病态的天空
时间坠落了
夜晚升上去
出现在那阴郁的地平线

独眼酒店的旧灯笼聋了
噼噼啪啪作响
女孩子迈着狼一样的步伐
走在那阴暗的小路

在深沉的阴影里
一个醉汉咒骂着
神，
天，
还有撒旦

天晚了。母亲在那儿
父亲还没有回家

*
* *

睡吧，我的亲爱的，温柔的母亲说
梦到那快活的春天接着严冬的步伐来了
贫穷的人还活着

梦到在这个悲苦的街区

从年末到年初
一切都美丽而光明

梦到老鼠、田鼠、蟑螂
都是古老的仙女
明天就会穿上她们闪亮的彩衣

睡吧，我的亲爱的
像爸爸和妈妈一样

绿 洲

门开了，没有嘎吱作响
桌子摆好了
白色的餐布，金黄的面包闻起来真香
两个甜甜微笑的小天使
来到了这个头晕眼花的平民身旁

没有人问他
太阳升起时要去哪里
也没有人问
他最后的歇脚地

"我的黑嘴一定在这里难看的要命"
这个可怜的穷人这样想
这就是恩赐的避风港么
这法国的土地

1939 年 8 月至 9 月
于沙特尔

致莱昂·布卢瓦

1904 年 10 月 11 日

亲爱的朋友：

　　怎样感谢您这封让人倍感亲切的信呢？您把那些美好的事物描述得那样至善至美，我都怕自己说出蠢话来，所以我沉默了。您不久后就会见到我，大概是在 10 月 17 日左右。在这里我不能把我所想尽述于您，您的信我反复阅读过二十遍，可称得上人所说的"完美"、"不同寻常"。在当今这个讲求均等化、平庸的时代，它以一种认知，理解，深入人性的所有苦难的精神和主旨，用震撼人心的不可战胜的信仰和神圣的希望，给人类打开了一扇天堂之门……（我在用我无知的语言描述它）您的灵魂驻留在痛苦、磨难、焦虑和无尽止的悲痛中，正是在这样的情况下，您的信才能达到这样的高度。您太伟大了，透过"无尽的悲痛"和"神圣的希望"，您是我认识的人中最伟大的一位。倘若要达到这样的深刻，就必须在悬崖峭壁和无底深渊的边缘游走……路上看风景，一片独好，若想尝试这次旅行，只要作个善良的人就行，其余的，上帝会补偿给您。

深情地祝福您！

乔治·鲁奥

致爱德华·舒雷

1904 年末

…… ……

一个美好的傍晚，天空中闪烁的第一颗星，忽然紧扣住了我的心弦，不知道为什么，无意识中，一首诗为它而作，就这样地流淌出来。牧民的车，停在路上，老瘦的马儿啃着细弱的草，上了年纪的小丑，坐在马车旁边，织补着那件闪亮的、五颜六色的演出服。这些闪亮的、熠熠生辉的东西，承担着愉悦大众的使命，放在一起，又是怎样的对比，倘若看得更透彻些，这样的生活又饱含着多少辛酸……我把这一切的一切都放大了。我清楚地看见，那个"小丑"就是我，就是我们……就是几乎我们所有人……这件华丽闪亮的演出服，是生活所赐予我们的。我们大家或多或少都是小丑，我们穿着那"闪亮的服装"，如果有人突然撞见我们，如同我突然看见那个上了年纪的小丑，噢！谁敢说，他的内心没有被一股巨大的怜悯之心所占据？我有缺点（也许是缺点吧……不管怎样，对于我，那是一个苦难的深渊……），"不要把自己闪亮的服装留给任何人"，不管他是国王还是皇帝。在我面前的人，我需要看见的，是他的灵魂……一个人越是伟大，人们越仁慈地去歌颂他，我越是为他的灵魂担忧……

我由衷地想要告诉您，我所走的是一条危险的大道，路的两边充满险境……一旦上了路，回头比前进，更加危险重重……从街头艺人的老驽马（人也好，马也罢）的目光中，你能读出它的艺术，那是从一种"疯狂的骄傲"或者"极度的谦卑"中读到的，如果"你生来就具备这种本领的话"。

我想在秋季沙龙展（10 月 15 日到 11 月 15 日左右）上有一幅这样

的作品；目前我刚完成 18 幅色粉画，以此为基调。等到 8 月降价出售的时候，我就要小小旅行一番。我已强烈地感觉到，这就是我从我的艺术中所读到的生活给与的感动。

乔治·鲁奥

致安德烈·苏亚雷斯

巴黎，1911 年 7 月 16 日

先生：

　　住在路易大卫大道 14 号的莱特里尔先生，是我的朋友。他曾和我说起某天要和您一起在他家共进晚餐；但后来他却毅然决然地离开了巴黎，至今已有一年之久了……先生，请相信，并不是凭空来的好奇驱使我想要见您。我拜读过您许多精彩的论著，这使我更多地了解了您，产生了对您的敬重甚至是热爱之情，但我想要去见您，我并不需要这个理由。

　　这段时间，我怀着崇敬之情拜读了陀思妥耶夫斯基的《罪与罚》。是的，尽管身体虚弱，但我每时每刻却都能感觉到和发现新的美好。在这最悲剧的现实和被天才改变的最低俗的现实中间，这是未知的、多么奇妙的美好啊……

　　哥伦布发现新大陆的快乐就是我的快乐。我内心深处填满了痛苦和不尽的伤感，而生活只是在不断地加深这些愁绪。如果上帝事事都满足我所愿，我的画家艺术不过是有缺点的表达和释放。安格尔先生健康得过了头，在某种强烈的冲动下，在基督教义的驱使下……甚至是孩子气的冲动驱使下，我曾想着去热爱他。但我因此受到了惩罚。自打我读过陀思妥耶夫斯基的作品之后，我就再也不能读我的小小先生安格尔①的作品了……我把这些记录了下来，出于一个好心的意愿，一种对力量和科学的追求，以及出于对他那个南方佬同乡拉伯兹的恼火。这个人白白激动地说了这么一句话："我们的年轻人会明白这是个什么样的教训，等等。"

----

① 　这是鲁奥附在这第一封通信上的关于安格尔的注释。安德烈·苏亚雷斯此时刚在 *La Grande Revue* 期刊上发表一篇关于安格尔的文章。

先生，请相信我对艺术的热爱并接受我真诚的祝福。

乔治·鲁奥

巴黎，1911 年 8 月 22 日

先生：

　　……　……

　　为什么不说呢，您的信让我感到莫大的愉快。若您告诉我，当您再回巴黎，而且方便的时候，我能见上您一面，那我该是多么高兴啊……白天我时间不多……但晚饭过后的这段时间，我时不时地还是非常需要放松一下的……

　　只要能够从生活中汲取到创新物质，让精神和心灵充分绽放，生命就会是一场激情有力的演出，……我就是从这样的道路开始的……今天的我已不能回到过去……我应当非常信任自己，去自我提炼。我时常自问，为什么在我周围会有这么多的付出、坚持和牺牲。

　　……　……

　　虽然我无法从智力层面上理解您，但我能告诉您一件让我极为感动的事：在这样一个时代，人们说为艺术家做了那么多的事情（像对待工人和农民那样，确保他们不久会有一笔小小的退休金），在这样一个到处充斥着所谓艺术家的时代，您可能是唯一一位给予了真正的艺术家们以自己的权利和皇家的恩惠……这些都是当他们配得上艺术家这个备受糟蹋的称号时才能拥有的。

　　先生，我和您一样有着对艺术高涨的热情，请接受我诚挚的祝福。

乔治·鲁奥

我们可以在关于一个艺术家的某一点、某些分歧上，或者说某种评论上，达成不了共识，但通过您的很多文章我看到了，如果时常和您交谈将是一件多么快乐的事情啊；我有一个害我不浅的令人难以忍受的缺点，但这个缺点也令我结交了极为少数的几个固执朋友。我经常会心里想什么就说什么。当我还是个小孩子时，一张面孔或一处风景就能唤醒我的整个世界……我情不自禁地陷入梦境，靠着记忆生活。……我依然还是那个孩子，尝试着使用属于我的，也许您觉得很笨拙的方式……去道出我自己的感受。

…… ……

居斯塔夫·莫罗离开这个世界了。我在艺术上的率直和不妥协迫使我陷入最让人难以忍受的苦难中。那时我曾接到了无数的建议，我本要去从事某种盈利的项目……那些艺术流派的消失启发了我，我可以和莫罗的"客户们"一起做一种价格不菲的盈利性质的回顾艺术……但我随即便从这种我从不可能去接受的束缚中解脱了出来，我成了博物馆的看管员；我的需求很简单，2400法郎的薪水就足以让我去寻求和做一些在艺术上适合我的东西。我虽有两个孩子，但我的妻子完全赞同我的想法，因此我才能一直到今天还保持着一颗纯洁的艺术家的道德心……但是抗争在我看来那么的艰苦，我还不能鼓励别人加入到我身后的队伍中来。

我有一些老朋友是外省美术学校的教师，他们经常来纠缠我要求（他们也是被迫）把他们的学生送到官方艺术的权威人士那里……我回复他们我只会交谈而不能教授。久而久之，我也不知道该怎样说话了，就像这个父亲："要挣很多的钱，我的儿子，很多的钱……但要尽可能的诚实……"。所以……

我没有去度假，而是待在了巴黎，这个我现在待着，也将永远不会离开的地方。

乔治·鲁奥

P. S. 我的朋友们认为我的绘画方式增加了些原创性和个性化的体现，对此我加了很多注解……但绝无半点卖弄文学之嫌……

当偶尔再读起以往我写过的那些注解，不禁心想：弗洛芒坦写伦勃朗时该是什么样的眼睛啊，配备了一副多么细小的放大镜啊……

莫罗……谁会知道他在作品之外会是怎样的一个人？……他所想向我们展现的……在大师面前的这些倍感亲切的言语……那些为了尊重自己的小小人格所面临的永恒的烦恼？……

我感动了……在您这么美丽的一页文字面前，可我也感受到那份彻底的无力……在我的《蹩脚作家杂谈》一书中，可能有那么几页是我欣赏过一幅美妙的艺术作品之后的有感而发……

我最早是一个玻璃彩画师（因为必须要为我及家人挣钱维持生计）……这是一门职业……像所有艺术职业一样已经遗失了……人们可以做出"栩栩如生的画"，却做不出这样的橱窗；我曾经的一个老板就从事复制、修复一些旧橱窗碎片的工作，我有时在他家吃午饭……一天剩下的时光我会做一些既不挣钱又愚蠢的时髦活计……这段时间是我的天堂……我和这些有缺陷的复制品在一起，它们设计的很精巧，就要被作成橱窗马赛克玻璃作品，而不是那些有起伏、有立体感和有光线明暗的绘画作品。这段时间里我生活得很惬意……

您的回信愈发触动了我，与其给那些心血来潮给您写信的人回复，您倒有些更有趣的事情去说去干……您可能看到了，我这样做绝不是出于什么凭空而来的好奇心。

1913 年 4 月 27 日　星期六晚

……　……

在一片片屠杀、火灾，一处处惊恐之中，从我出生的那个地窖开始，我的眼睛里、脑子里就保留着一种短暂的印象，正是那火把它嵌进去的。

我们不是火的主人，大蒸煮锅说道。

不，当然不是，幸运的是你们让它做着粗俗而愚蠢的傻事。

它也是我自己的主人，可我却一直在努力地要去顺从它，去利用它的火，利用它所给予我的……很多人认为已经失去的、弄砸失败的东西我却不那样想。相反，我用耐心、时间，用很多时间，还有必须要说的一点，一些钱，我看见它们慢慢显露出它们的光环！——我看见了血红色的阳光和银蓝色的月光开始显现……

…… ……

凡尔赛，1913 年 8 月 10 日

（.）造型创作的神秘之处在于某些方法技巧；我们无法即席创作，或者是仅凭一种冲动甚至是某种强烈的感觉去创作……，因为那需要的是一生心血的努力；如果在绘画上我要这样做下去，那我需要找到一种完全属于我的工具；倘若我借您的工具，那我就实在太愚蠢和尴尬了。

…… ……

凡尔赛，1913 年 11 月 1 日

…… ……

我天性里可怕的一面是我从不会自我满足，我不会去完全享受成功的喜悦，因为眼睛里和头脑里所看所想的都是我还需要不断进取努力。

然而我正处在实现这个进步的过程中。我首先想到做陶器和版画的展览，然而很显然的是，只有坚持自己的绘画艺术才是最重要的；我终于有了一种适合自己需要的物质，一种关于油画的物质，就像釉，既不闪亮也不闪耀，又不似壁画那般晦暗，但是朴素而庄严。

…… ……

巴黎，1939 年 5 月 13 日

…… ……

忘记告诉您，曾经我和我所有的作品一起被赶出了柏林美术馆——现在它们又重新回到了这里。

多么光荣！……

希特勒，他可怕的声音，曾有一天我听到过——使我不得不逃离……人的声音是对一种内在人格的揭露，即便是对一个不是音乐家的人而言。

感谢您的这本好书。《十字架上的阴影》（在 1895 年我就阅读感受过了）……对于那些对微小的事物怀有大爱的穷人来说，只有这种阴影才是慈悲的——我正是为此而画，而不是为了那些撰写法律的博士们、经理们以及高工资学院的成员们。

乔治·鲁奥

…… ……

我生命中的一部分也许是个"苦役犯"的角色，我掉进了贫困的圈套中。但这不能改变我体内某条血管的流向，也不能让我出卖那不可剥夺的精神自由，这一点我深信不疑；但在很多认为这是虚幻的人的眼里，它是这么坚实牢固，又是这么无形。

我既不能捂住耳朵也不能闭上眼睛，我也无法把贝希特斯加登和它的避难所及空中堡垒看作是关押着贞德并让她等待着火刑、忍受着煎熬和折磨的那个破陋的监狱，我不能把她的声音当作是希特勒听到的声音，也无法把她解放法兰西的抗争看作是以凡尔赛条约签署的不合理性为借口而持续进行的掠夺战争。从我们的官僚还对那些满纸公文的废纸深信不疑的时候，甚至是当希特勒登上了所谓的神台，成为"大欧洲"的普世精神的伟大审判时，这种战争的性质还是毫无疑问地没有任何改变。

致昂布鲁瓦兹·沃拉尔

1919 年 8 月 24 日

亲爱的沃拉尔先生：

……我有自己的行为路线，也是不会改变的，我向您重申，我将远离巴黎。而且，我不想老是变来变去。为了那些书我们应该履行承诺，否则连这些承诺我都是不会做。

不是我非要这么坚持，你是知道的。这是我孩子们的一笔遗产。这也不完全是现实情况。我不畏惧时间，相反更加祝福它、渴望它。我不怕衰老，甚至不会去抵抗衰老。我处在现实潮流和我这一代人的边缘世界，就像他们说的那样。我也不是故意这样做的，我没有任何优点。

…… ……

如果我没有像这样地去进行我的事业，在绘画方面我将一事无成。您说，您曾花了 20 年时间来整理雷诺阿①的作品。您同时也希望我能够把我的铜版画作品——黑色的和彩色的——及我的著作和其他作品如陶瓷之类整理一下。我需要一个月时间去整理这些东西，因为去讲述五、六个艺术家，讲述古代人或现代人，去叙述那些千万分细小微妙的差别，这实在是一件极其困难的事情。不，沃拉尔先生，我很遗憾地但却也是非常客气地告诉您，我们真的没有很好地理解对方。但把这些告诉您是我的责任，因为您完全踏上了一条错误的道路，很可能某天，不堪

---

① 见昂布鲁瓦兹·沃拉尔的《倾听德加、雷诺阿及塞尚》一书。(*N. de l'E*)

重负的我会突然撒手而去。

1920 年 10 月 14 日

亲爱的沃拉尔先生，

……把那些我的东西统统都拿出来吧。我知道有多少。在这个星期内您找一找，把它们一个个放在那个空房间的红色地毯上，可不是桌子上。（我知道您还没有自己的旅馆）另外，我想（特别）和您谈一下。你有 18 日周一的销售清单吗？我会像往常一样在那等您，大概在正午一刻或是半点钟的时候。我请求您，把这些拿出来，把所有您能找到的，尤其是大件①拿出来。这笔预付款对我这个已经入不敷出的人来说是极大一笔收入。我想要再看看这些画，对我来说是十分必要的，非常必要。

……我有一些信想让您看一下（现在有一些事情让我这样做，但决非平白无故）。与很多其他人不同，我总在执拗地反抗。可门却总是被捅得千疮百孔。除非我退隐到了修道院（如果那里我能够作画倒也是可能的事情），或者我没有妻子、孩子，那么我就会被当作是陷阱里的老鼠，还有那些回想起的过去生活的点滴，没有我就无法存在的。

我逃避嘈杂的人群，逃避这个世界，逃避那些吵闹的艺术家和沙龙，却有一件事是无法逃避得了的（除非我完全退隐到了修道院，我重复一遍），那就是几颗心和忠诚的灵魂（这依然存在，沃拉尔先生）。一定要说的是，有"一项地下活动"在继续，悄悄地进行，但这和投机无关（这也是存在的，沃拉尔先生）。它在无意中支持着我，让我的抗争处在地下状态。这个活动使我恐慌，因为在内心深处，不管人们赞同与否，在面对我的艺术时，我都像一个孩子。想到伟大的祖先，就觉得自

---

① 大件，指的是大幅绘画作品。（N. de l'E）

己是那样的谦卑，而想到我所付出的努力，就觉得自己愈发的微不足道。这一点，我敢于把它讲出来，因为我确信是这样。

乔治·鲁奥

致 母 亲

1923 年 8 月 6 日，星期天

我亲爱的好妈妈：

我希望雷塔已经去看过你了，埃梅也是。这儿一切都好，孩子们都很快乐，一天大部分时间都在海滩上玩。

我嘛，工作很勤奋，不过休息的也很好，不像在巴黎时熬夜了，去年冬天熬夜都把我累倒了。

我们全家都真诚地拥抱你，特别是我，马尔特的身体已经好多了。期待你的消息，给我们寄一张小卡片吧，我也希望雷塔在看到你寄的这张卡片时也会自己做一张。——深情地祝福你，拥抱你，7 月末就可以见到你了。

爱你的儿子。

乔治·鲁奥

致乔治·夏博①

巴黎，1927 年 3 月 20 日

亲爱的先生：

……是的，您一定认得出我的那些教父们，您也知道我只相信可以去辨别区分的事物，现实在我的想法面前是多么的不完美（我羞愧经常无力把它们变成现实）。有时，我绘画的色彩强烈，具有表达力，心中也会偶尔产生一些自己也很喜欢的想法和观点，但这绝不是附庸风雅，也无关今天的时尚。

有时，我好像置身在美杜莎的木筏上，在那阴冷的天气里，牙齿颤抖着，咯咯作响。我，一个孤独的遇难者，相信痛苦中总会有那么一丝短暂的平静，然而没有。那个做梦的人，走在现实的边缘，还没有被失望的梦境所奴役，然而磨难却没有尽头。

前人是那样伟大，不管人们对他们有着怎样的尊重，他们也没有把所有的话都讲完。路人的一张面孔、一道目光、一个炯炯的眼神，对那些警惕着的、未被太多理论和预想的教条所拖累的人们而言，是个要履行的借口。这样的风景也是。你有那种去创作的骄傲感吗？当然没有，那些人对你在艺术创作道路上取得的初步成果感到恼火，这让你又开始考虑起你觉得痛苦的事情。当你近距离注视着那些细小而清晰的差别时，难道没发现它们已经显现出来？吹捧者都是些坏蛋，而敌人，极端的批评有时却让他们如此有用。

称得上艺术家的人对生活的细枝末节都充满着热爱。在一个悲惨的

---

① 乔治·夏博曾经在比利时组织过关于鲁奥的讲座，并于 1927 年写过一本关于他的著作，因此成为鲁奥最为亲密的友人之一。（*N. de l'E.*）

崇高时代，人们所要求的个人英雄主义充斥于世，有时也是一种束缚，您想要怎样？一个有着"深层次创作论研究"的艺术家不能回归他本身，在那么多相悖的理论中间，在讨价还价、竞相抬价中，他不能像战士一样掩藏于战壕，您想要怎样？生活在环境中，而不是藏匿于沙漠，他才能自在地去做这些。

人们在谈论一些"表现主义艺术家"。想想我曾是一位表现主义艺术家有30多年之久了吧？人们都很想确认一下，我倒是对此一无所知，也未放在心上。曾经，我像是犁沟里一头瞎眼的牛。我想，写成之后，您再向我谈起它，从现在起两到三年的时间，人们可能会列举出我的某些作品，可还是有巨大的繁重的工作等着我去完成呢。

以前，我迷上了伦勃朗，大概在第30个年头左右，我突然发起疯来，像是在你就座的地方给予了你一个带角的恩赐。"世界于我而言改变了模样"，如果这样说不是太自大的话；过去所看到的事物现在看来是以另一种形式、另一种和谐出现。眼睛不有时也是说谎者吗？

正是在孤独中，气喘吁吁的小丑们开始了游行，基督受着凌辱，俄耳甫斯被（酒神巴克斯的）女祭司撕碎。没有再深入研究下去了，我转移了我的快乐，更多时候那是一种痛苦；无意识地再看看那些已不再属于我的画，明白了自己是多么让同辈人失望啊，至少是那些相信在一定的时间内可以从我身上看到"罗马的代价"的人。

这封信真是毫无用处，您能看到过的关于绘画的方面它一点也没有谈到，也许因为我根本就不是个文人，就把这部分压下去了。您应该觉察到了这一点，虽然我写了上千首诗，但都站不住脚。它们没什么可取之处，即使是我被自己内心的声音所打动，而那些名家们就算不用心灵写作，我还达不到他们的那些为人所接受的作品的优点呢。

就此搁笔，亲爱的先生。……

1938 年 12 月

上帝，我知道我是一个忘恩负义的奴才，一头奢想在黑暗中朗诵晨经的傲慢的黄鼠狼。我不是那个假想所有这些预言的人，在这该死的艺术方面我不是积极的无政府主义者，也不是古典派里的古典派，像其他人会说的那样。上帝，我是多么顺从的一个人，尽管身体那么衰弱。我的名字叫忠诚——那是一条老狗的名字，可在这个充满否定的时代，它是多么美好。

1948

人们让我参选法兰西院士，而不是在假想中出现的"美术学院"，这倒使得我的鼻子有可能贴近塞纳河沿街的 62 扇窗户及马萨林大街的窗户。这靠近我最爱的巴黎的角落，是沿着巴黎圣母院和圣拉贝尔教堂往下的区域，或者是靠近那些画室，我就可以清楚地看清法兰西研究院后面的大庭院。是谁拥有呢？神秘。我对这个本应被摧毁而后又重建的著名公司说，这不是一瞬间的事情。不管我是不是同时既是"文学家"又是"艺术家"，对于我而言这都是多余的。我只想要那些色彩，还有一处我能付得起房钱的住所。比起学院里的漂亮制服以及要对官方做出的贡献，我更偏爱这两样。我只是一只家养的蟋蟀，只愿意低头吟唱我那小小的绘画奏鸣曲，而不愿与那些官方人士一较高下。但是，比起让一只骆驼穿过针眼，没有什么比让一个画家住在他出生的那座城市更为容易的事了。从这里仅两步之遥，有一整座供画家绘画的大房子，现已租给药店了。他们挣了不少钱，给房主也缴了不少租金。我的女儿住在克里奇大街上，我们有一些跳舞的大厅，还有过去的一些老画室，这里发生过各种故事。五十年前，热罗姆、皮维·德·夏凡纳、埃内尔、埃梅、米勒，雕塑家、画家都聚集在这些工作室里。我们的人数日益增长，这些工作室也似乎是专为我们开放的，因为我们"成立了"它们，我毫不夸张地这么说。

我刚刚了解到我的官司已经胜诉，因此我必须落下脚来（准确地说，是从现在起的一到两个月之内）——我必须把我那些重要的东西安置下来。但不要瞎猜，我的妻子和我，我们刚到一个地方——应该说是鼻子和喉咙先到了。我们害怕寒冷的地方。瑞士法郎值多少法郎呢？我们就像那些很难搬动的古旧家具。好啦，我本也不想跟你说笑，但你的上一封信让我非常感动，让我又情不自禁地在这说了一大通，还因为我家里有两个"博学的人"，一个是我儿子，另一个是我的女婿，他们将要使我明天踏上另一条道路，很可能是去南方。

…… ……

1951 年 4 月底

……他们做得比以前更好了——我多多少少总是有些模仿别人的痕迹，少有的几个秃头对我过于钦佩，其中有一人甚至（让人觉得是我在绘画方面过多地影响了他）愿意为我推翻他的那些赤裸裸的观点，这一点他倒是做得相当漂亮……当然，我不接受这些做法。他①早已去世，而今天还有一些卑鄙的家伙还在继续说着……说他才是第一个……这完全出于一种商业目的：把上述话题卖一个好价钱，而他已不在人世了。

我避免去谈那些龌龊的东西，可是如果有人想让这些小作品存活于世，我是很清楚地知道的，他将要告诉这些先生们，因为他实在有点过于喜欢我的作品，那是自然，可又承受不了别人那些鬼鬼祟祟的勾当。

…… ……

不，我不是好人，像那香喷喷的面包一样，远远不是。不，我厌恶那些说自己是好人，巧妙地自夸自己是好人的人。

不，我不是那公认的愚蠢的乐观主义者，在现实面前，充耳不闻，闭眼不见。

不，我不是容易被理解和明白的理想主义者，一个黏糊不清的理想

---

① 此处指莱昂·博诺姆。(N. de l'E.)

主义者，把自己的理想主义拿出来，像掏出一面整年四季都无缘无故挂在那里的旗帜，不合时宜。

我骄傲地站在把理想主义和现实主义隐密地结合起来的这一边，这样就可以最终反对那些同类的粗俗的客观主义和理想主义。您可不要吃惊地以为我好像是在逃避人群，我不会那样做——这不是我的性格——然而为那些自命不凡的精英们我是那么的担忧。

…… ……

日期不详

……我惧怕那些自诩睿智的言论的空洞和枯燥乏味。不是自夸自己的优点，我狂热地热爱着我的艺术，生来就是如此……

与于斯曼相反，我清楚地知道，我生来就带着对丑恶的恐惧，和对那用物质世界的衡量标准分析的过于清晰的现实的厌恶。但生活待我不薄，生来我是一只巴黎的麻雀。然而，您知道吗，巴黎大区的气氛，我受够了，那些才智出众的人却愿意成为描绘丑恶的画家，不管他们能说些什么，我有名誉，有俸禄，可它却把我留在这些人的继承者身边，就算这里面有国家给予恩惠的成分。丑恶，卑劣的言行使我厌恶，亲爱的默克莱尔先生，那些人们所说的有着良好教养的人，甚至不在意他们所认为是应该谈论的关于众所周知的事实，除非掺杂着情感因素，对于这些人我可没有几分宽容之心。当人们觉得需要保卫的时候，这多姿多彩的有形的语言却把应景的丑恶之风和 30 年来细微不致的努力混淆在一起，而且前者更有抢风头之势，这实在令人伤心。确实，我们的语言是最不被理解的，甚至被如此糟蹋，被这所谓的杰出之人，自认为有权去责骂那些知识浅薄的人。

…… ……

致 管 理 人

1942 年 9 月 14 日

先生：

如果不妨，我想请您注意并记住以下事项。这封信每拖一天，这样的内容就会更多，所以，请原谅。

大家经过垃圾管道底部的出口时都有摔倒的危险，这个情况已持续四、五个月了。一楼的地毯脱线了，另一层的也已经开始脱线……，还有铁栏杆以及左右两侧的接头……。

您（好像）已经把电梯彻底清扫过了，但我不知道地毯上怎么还有那么多油渍。我不太确定，因为地毯上有时也会有其他污渍，如果不及时清理，看上去会肮脏得吓人。

……上次提到过的那些老鼠，是不是至少在地下室装一盏灯来驱赶它们，要不然，楼上熄灯后，我们就得在黑暗中和这些肮脏的生物共处一室。

您也许会觉得我太夸张了，那些"说话"机器（哎，我可不是聋子）在一天的某个时间后就不要使用了，因为一个有孩子的人刚刚向我们抗议，当然还有其他原因，说我们晚上影响了他们的睡眠。……

勒柯布西耶①先生有一篇鼓吹城市化的文章攻势喜人，他提出的那些物质上的好处、视觉上的美感的确值得怀疑……。但他却未敢涉及教堂因无人规划而带来的严重损失……。

请体谅一个只有六小时睡眠且已经上了年纪的人的这些愿望。

───────────

① ［译注］Le Corbusier（1887－1965），法国建筑师、设计师及艺术大师，原籍瑞士。

　　我的孩子们和我也很吵，经常高声说话，但我要一再申明，我们还是非常尊重别人的休息以及那些工作的人的……。

住在 J. 楼道的乔治．鲁奥

致女儿热内维叶芙

1945 年 1 月 24 日

……和你说过不要再说这些无用的叮嘱话了，因为我一直留心着没有让它们搁在那。你的那些来信，这一次我好好告诉你，以后就不会每天都听到这样的声音："这封信在哪？……这个在哪……那个呢？诸如此类"。

…… ……

啊！这些该死的现代人，他们倒是把无线电报发明出来了，让它与晴朗天空和深邃水域斗争。……你的鼻炎是治好了，可喷嚏和疝病又发作了…这些他们却治不了。

…… ……

鼻涕拖沓
胡须拉茬
盛名在外

哎呀！可怜呀！圣母玛丽亚，您一定能料到画品价格一路飙升。

这肮脏的年代——必须得认清这一点——长久以来我承受的太多，今天却顶不住了，帮帮我。我再也无法承受了，再也不能了，我变得停滞不前……我多多少少还能接受沃拉尔的工作，他还没有太过分地糟蹋我的作品—— 至于其他家伙的作品，我是根本不能接受的。

…… ……

要知道，对于我自己的作品，我有绝对的决定权。……我只信任一件绘画作品它所传达的精神价值——它的商品价值和那些普通的价值一样总是波浪起伏——那些"好好先生"认为如果商品价值总是一成不变该是件多么令人不悦的意外啊。我准许你把那些令你感兴趣的段落抄下来，但条件是必须标明这是一封我写给我女儿的信，而不是别的什么人——我有权让她了解我的工作事务，即使我撒手归西。

乔治．鲁奥

致雅克·马里坦和拉伊萨·马利坦

亲爱的朋友们：

我有一封十到十二页的信是给你们的，但我现在没法再拿到鼻子跟前改正一番了。大使先生[①]，可能我和您一样处在粘糊的境地。这确实很令人难以相信，我自己经常自问，我来自何处——我很难再找到自己的平衡。

我在这试着总结这封信的内容，而这封信可能你们永远都不会收到了。

我很难去描述自己在看到您那么细腻地描述那过去的时光时（人们借给了我这两本书[②]），自己内心的感动。尽管我对您所流露出来的真诚质朴的感情毫不怀疑，但您把我捧得太高太高了——尤其是加上现时期的这些困难……1939 到 1946 年，只有丢逝的时光，在沃拉尔那里也是，只有丢逝的时光……这是段珍贵的时光，尤其是在我这个年纪，和那些无理吵闹的自以为是的继承者们一起。我非常急切地想把这封草稿信寄给你们——万一你们要修改这本书中的某些细节，我还有可能亲自现身说法……我害怕无意得罪了拉伊萨，害怕再也无能为力了，就像我在第一封信里所作的一样（可能永远不会寄出了）——特别强调和感激在那个遥远的过于凡尔赛结识的那些特殊的朋友——你们的言语，和 X 夫人的论调完全不同……她说我是不受欢迎的人："这是一个性格肮脏的人。"胡普则用他小小的尖声反驳（显然附加了太多的善意）："这是一种我们不可能再有的性格了。"

---

① 雅克·马里坦，是 1946 年驻梵蒂冈的大使。（N．de l'E.）

② 此处涉及到拉伊萨·马里坦的书，《伟大的友谊》（1945），书中有一章专门谈到乔治·鲁奥。（N．de l'E.）

我尤其为你的泰然从容而感动；这个时代充斥着恼恨和侵犯的气氛………然后又是要在复杂的绘画领域里对我和莱昂·布卢瓦作出区分。

您不要埋怨我在某些细节部分作出些评论，这些都是次要的，很显然。

哎呀，在不知不觉之间，我一步步成为了一个"明星"，这太可怕了。1946 年的这场诉讼是个原因——也可能有其他更为隐秘的原因，只是我这个穷人没有能力去辨别罢了。我混浊不清的可怜的双眼从来就分不清什么。

出生：出生在美丽城一个地窖里——夸大其词么？当然不是，这是千真万确的，1871 年 5 月在那个地窖里出生。美丽城被占领，不是被那些德国人，而是被凡尔赛的军队（内战时期）——又叫作"炮弹"，我的一个老抽屉还保留着一个碎片——然后是"高炉喉"——这种种残酷让人列举起来实在不胜厌烦；结冰的塞纳河、饥荒、还有诸如此类的种种其他个人体验：三法郎一只老鼠——九到十二法郎一只猫，简直是要把人要了命。但只持续了六个月，就像这次一样，而不是六年，而且只局限在法国（在巴黎有更残酷的事情）——尤其是我的母亲对于这些突如其来的灾祸没有任何招架之力。

"了不得，有才华"——你们一定这样评价代理人（A. 沃拉尔说的）。哎呀！在这方面要说的就太多了——而且我认为自己应该就是被垄断企业剥削的最后一个代表。只是现在——伴随着这场诉讼，以及沃拉尔的突然去世，悲剧才算快要走到结尾。这里面尤其有继承人和我本身的一些原因，我更爱我的绘画艺术，也想要一种平静——一直到我 75 岁的今天，我一直在调整自身的致命错误（在这个行将走向瘫痪痴呆的物质世界）：和沃拉尔在一起的时候缺少那么一点机灵，想绘画的事比想生意上的事情的时候更多，缺少像蛇一样的机敏审慎……

实际上，做一个总结，这涉及到艺术作品创作者的精神权利——或者，更荒诞一点的说法，是关于某些既没有签名也没有结算的作品。这个权利，对方的律师不承认——我已经赢了第一局，这涉及到争议财产的保管问题。

　　言归正传。

　　你们提供了莱昂·布卢瓦的信的一些片断。在关于某些美中之丑的问题上——不要搞错了……在我这里，并没有什么东西是通过计算、整合、导向到书本上的理论的或是别的什么方面，文学的或是精神上的论断。我的出发点从来就不是要做什么博士论文……关于纯意识形态的或是关于无政府主义的经验主义之类。不是的。

　　我所遗憾的，是我没有第二条生命去把某些作品再拔高到某个程度……

　　我更改了话题，还是用一种更为清晰的方式回到刚才的主题吧：

　　丑的，美的——这是绘画层面非常空洞的字眼——应该去看、体验这样的作品，或者说，通过比较不同流派的作品，去更好地理解作品。

　　有时，某些所谓的古典主义会沦为外表光鲜的学院主义——有时，哎呀，不想让你们太费神，只需要去看看布卢瓦的趣味，他对作品的选择，以及他最亲近的人，你们就会明白讨论是无益的。

　　至于沃拉尔……要给他展示我的"工作室"，这实在是一件太困难的事情——尤其是在那段时间，我在沃拉尔那里有这个豪华作品及绘画的"垄断企业"……但这没什么可担心的，我们之间的关系一直很好，甚至是非常要好，就像我和泰尔米耶先生的关系一样。这位 T 先生，在1939 年到 1945 年的那段黑暗时光里，我常常想起他。

　　你们谈到的其他人，我一直非常乐于用我自身有的不同方式去更好地认识了解他们，因为我比我看上去要好奇地多……即使是我偶尔像一个粗鲁莽夫一样吼叫，那也是带着善意的。我恼火的缘由，是因为在这个充满了圈套陷阱的现世生活中，我的时间开始不够了。……所有有关人性的事物也不会觉得在这个纷杂的秩序里我是游离的陌生怪物。

　　确切不带夸张地说，当我再读起这封信，发觉比起我能在你们这些专心致志、能给我回馈的听众面前现身说法地描述我之所想的内容，这封信还远没有完成。

　　你们用一种质朴而细腻的口吻谈到一些事。的确时常会有一些感伤，尤其是被一些很特别的人描述出来的时候。

你们并不怕和我的"教父"① 对立起来；而我自己则在很多场合都尽量避免和他对立，因为害怕伤害到他——然而今天，在这么多自以为是的"继承人"跟前，我不得不去向我的三个律师说明那么多无法用空洞的句子表述的事情——在 1936 到 1946 年间我被诱惑去干的事情——悲哀的职业——使他们能够看清什么是真相，就像大众所说的——在这段黑暗的时光，在那么多不快的经历中，这两本书给我一些慰藉，有时甚至是一种有意识的安慰。

一个聪明而具智慧的无名小卒、一个显露未知才华的乡野莽夫……像是绷紧的弓弦，你们也认为在这么多年里，如果没有人太激怒我，我几乎一直是缄默的，但内心深处却总是平静和快乐的。

那句"我要去了"并没有那么确切。如果我真撒手而去，首先就要归咎于我生来就脆弱的心脏……简单地说来，以前我的衣服太单薄，暖气也有问题，五月份才有人修理……我瘦了三十公斤，人们都以为我这副身子骨抗不住了。我面对的那些人——带着一股子相同的碳酸味——只会用一种不安的眼神看着我，然后和我大谈人寿保险的事，我对这个星球还有那么多的依恋，他们却避而不谈——我的四个孩子们（今天的我该怎么称呼他们呢，我都有六个外孙了），他们在那，这毫无疑问，这些最幸福的人。一想到在这段有太多不确定的时光里就要离他们而去，剩下的全都留给他们的母亲去承担，内心不由有一种撕裂的痛苦。虽不是为这个缘由，也不是在今天我才听到"我要去了"的回响，但我确实还有好多的话要写，我要把它们统统列在纸上——这样才不会掉到聋子的耳朵里——这张纸可能会很长很长，布卢瓦"陈词老调的阐述"和我的"无论什么、无论哪里、无论怎样"没有任何关系——所以我请求你们对我所说的还能保持一些新鲜感——这些话对于某些被放逐的画家而言，可能还有那么些人性的体现——拉伯雷没有丢弃的快乐愉悦的

----

① 　指莱昂·布卢瓦。（N . de l'E.）

主题。

"我女儿的嫁妆!"他狠狠地冷笑着,展开我的大衣橱。里面锁着我的几部作品——"您说的实在太对了",我的回答没什么信心。

…… ……

假想我们正处在勃朗峰的攀登途中。有一些穷人半裸着身体,正朝着峰顶的方向努力攀爬。还有一些攀登者,他们则是被挑选出来适合做这种锻炼的人。结果却是时常会有一些被剥削得一无所有的人到达了山顶——比那些有钱的富人还要先到——可他们做这个奇怪的锻炼只是为了暖暖身子。的确……

参考资料

《独语录》

这里所呈现的是乔治·鲁奥《独语录》中的全部散文（《克劳德·罗勒谈话录》，纳沙泰尔：Ides et Calendes 出版社，1944 年）。这些散文的手抄本由克劳德·罗勒征得作者同意后选摘。1944 年的版本中附有诗歌，此书也附上了相应的诗歌部分。

《思考与回忆》

《别碰我》，巴黎：《法兰西信使报》，1910 年 11 月 16 日，该文章曾被《造物主与圣物》① 一书收录，作者：卡米尔·布尔尼克、让·古查-梅里，巴黎：Cerf 出版社，1956 年。

《安格尔再生》，巴黎：《法兰西信使报》，1912 年 12 月 16 日。

《对一项调查的答复》节选自《论绘画职业》。巴黎：《吉尔·布拉斯报》，1912 年。

《黑帽，红袍》，作者：乔治·鲁奥。巴黎：《法国新画家》，第 8 期。新杂志出版社，1921 年。

---

① ［译注］原书名为 *Les Créateurs et le Sacré*。

《刻骨铭心的记忆》，巴黎：Frapier 出版社，1926 年。作者于 1953 年对原文进行了改动。

《谈绘画》，该文为乔治·夏朗索《人与作品》一书的前言。巴黎：Quatre Chemins 出版社，1926 年。

《追忆》节选自《关于马蒂斯》。赞成或反对马蒂斯。巴黎：*Les chronique du jour*，1931 年 4 月。

《在各种流派的边上》，巴黎：《法国新杂志》，第 217 期，1931 年 10 月。作者对原文重新进行了改动。

《这个所谓的丑八怪》，节选自给《致克劳德·罗勒的只言片语》。纳沙泰尔：《美文书信》，第 2 期及第 4 期，1936 年 12 月及 1937 年 3 月。

《绘画气候》，巴黎：《文艺复兴》，鲁奥特刊，1937 年 10—12 月。

《法国的面孔》，巴黎：*Verve*，第 8 期，1940 年。

《晚星》系鲁奥语录，由莫里斯·莫雷修道院长辑录，巴黎：René Drounin 出版社，1947 年。

《关于神圣的艺术》（答毛利斯·布莱恩问）。巴黎：《十字报》，1952 年 5 月 11—12 日。

《可怜的梵高》为作者于 1953 年 2 月在阿姆斯特丹 Stedelijik 博物馆梵高回顾展上有感而写。

《诗》

《小诗三首》，发表于《巴黎之夜》杂志，主编纪尧姆·阿伯林莱，第 26 及第 27 期，巴黎：1914 年。

《画面》，组诗，于 1928 年完成，一直未出版。

《传说的风景》，节选自《传说的风景》，Porterie 出版社，巴黎：1929 年。

《流星马戏团》，节选自《流星马戏团》，vollard 出版社，1938 年。

《独语录》，节选自《独语录》，Ide et Calendes 出版社，纳沙泰尔：1944 年。

《绿洲》发表于第 8 期，巴黎：1940 年。

《信札》

《致爱德华·舒雷》1952 年 6 月发表于《海鸥》（帕拉美：1952 年 6 月）
并收录在卡米尔·布尔尼克与让·古查-梅里合著的《造物主与圣物》
一书中。Cerf 出版社，巴黎：1956 年。

《致安德烈·苏亚雷斯》摘自《乔治·鲁奥与安德烈·苏亚雷斯通信，
1911－1948》。前言由马歇尔· 埃兰撰写。Gallimard 出版社，巴黎：
1960 年。

其他信件未曾发表过。

图书在版编目(CIP)数据

独行者手记／(法)鲁奥著;杨洁,王奕,曾珠译. - - 上海:
华东师范大学出版社,2012.1
ISBN 978-7-5617-8779-3
I. ①独… II. ①鲁…②杨…③王…④曾… III. ①随笔—作品集
—法国—现代 IV. ①I565.65
中国版本图书馆 CIP 数据核字(2011)第 134853 号

华东师范大学出版社六点分社

企划人 倪为国

SUR L'ART ET SUR LA VIE
by Georges ROUAULT
Copyright ⓒ Editions DENOEL 1971
Published by arrangement with Les Editions DENOEL through Shin Won Agency
Simplified Chinese Translation Copyright ⓒ 2011 by East China Normal University Press Ltd.
ALL RIGHTS RESERVED.
上海市版权局著作权合同登记 图字:09-2007-074 号

独行者手记

(法)乔治·鲁奥 著

杨洁 王奕 曾珠 译

责任编辑 李炳韬
封面设计 吴正亚
责任制作 肖梅兰

出版发行 华东师范大学出版社
社 址 上海市中山北路 3663 号 邮编 200062
网 址 www.ecnupress.com.cn
电话总机 021 - 60821666 转各部门 行政传真 021 - 62572105
客服电话 021 - 62865537
门市(邮购)电话 021 - 62869887 地址 上海市中山北路 3663 号华东师范大学校
内先锋路口
网 店 http://ecnup.taobao.com/

印 刷 者 上海景条印刷有限公司
开 本 890 × 1240 1/32
插 页 6
印 张 6.75
字 数 120 千字
版 次 2012 年 1 月第 1 版
印 次 2012 年 1 月第 1 次
书 号 ISBN 978-7-5617-8779-3/I.788
定 价 35.00 元

出 版 人 朱杰人

(如发现本版图书有印订质量问题,请寄回本社客服中心或电话 021-62865537 联系)